PHYSIOLOGIE APPLIQUÉE

LES FORMES

DU CORPS HUMAIN

CORRIGÉES

ET PAR SUITE

LES FACULTÉS INTELLECTUELLES PERFECTIONNÉES PAR L'HYGIÈNE

PHYSIOLOGIE APPLIQUÉE

LES FORMES

DU

CORPS HUMAIN

CORRIGÉES

ET PAR SUITE

LES FACULTÉS INTELLECTUELLES

PERFECTIONNÉES PAR L'HYGIÈNE

PAR F. DANCEL

DOCTEUR EN MÉDECINE

PARIS

ADRIEN DELAHAYE, LIBRAIRE-ÉDITEUR

PLACE DE L'ÉCOLE DE MÉDECINE

1865

TABLE ANALYTIQUE DES MATIÈRES

CHAPITRE PREMIER.

CONSIDÉRATIONS PHYSIOLOGIQUES, page 11.

Les organes des corps vivants subissent une modification de développement et de puissance par l'exercice et par l'inaction. L'exercice inaccoutumé augmente ce développement et cette puissance que l'inaction au contraire amoindrit. — Faits cités à l'appui de ces principes, pages 11 et 12. Les organes étant ainsi susceptibles de modifications selon les conditions où ils se trouvent placés accidentellement ou sciemment dans un but prévu, on en a tiré parti dans les végétaux pour obtenir des variétés, dans les animaux pour augmenter ou diminuer le développement de certains appareils, 13. Dans l'homme on n'a jamais mis en usage, même chez les Grecs, que la gymnastique pour obtenir une modification du corps, moyen insuffisant pour l'obtenir d'une manière bien prononcée, 14. Peut-on obtenir une profonde modification de notre constitution, et la faire sanguine au lieu de lymphatique? Si l'on peut modifier les constitutions, quelle est la bonne? Y en a-t-il plusieurs bonnes? Il n'y a qu'une bonne et une mauvaise constitution. C'est la seule division réelle, fondée, que l'on puisse faire de l'organisme. La bonne est fournie par le tempérament sanguin et la mauvaise par les autres tempéraments, qui ne sont que des nuances d'une constitution défectueuse. Organisation physique de l'homme sanguin, 19-20; — son moral, 21, — ses avantages sur les autres formes de constitution qui prennent leurs défauts dans la faiblesse, lorsqu'il a les siens dans un excès de vitalité. C'est à tort que des médecins, entre autres Fouquier, ont prétendu qu'une faible complexion avait des avantages réels sur une forte constitution, pages 36 et suivantes. — La forte complexion fournie par le tempérament sanguin se trouve le plus souvent chez les hommes de taille moyenne, ni trop gras, ni trop maigres. C'est la taille des grands hommes cités dans l'histoire. L'on doit tendre à obtenir cette taille moyenne, ni trop grosse, ni trop maigre.

CHAPITRE II.

PRÉCEPTES PHYSIOLOGIQUES POUR DIMINUER L'EMBONPOINT OUTRÉ, page 52.

Inconvénients du trop grand embonpoint. — Sa cause principale, déterminante. — Tableau des aliments, avec leur mode de préparation, qui ne favorisent point l'embonpoint, 56. — Du pain; c'est à tort qu'on l'a dit comme produisant beaucoup

1

de sang, 60. — L'eau, les boissons sont la pierre d'achoppement du traitement du trop grand embonpoint, 64. — Le chocolat est contre-indiqué. — L'exercice du cheval est-il favorable pour combattre ou développer l'embonpoint ? 77. — Le tabac doit être proscrit aux personnes qui veulent maigrir? 78.

CHAPITRE III.

La grande maigreur est un état anormal. — Ses causes sont physiques ou morales; car il y en a toujours une, même avec l'exercice régulier de toutes les fonctions. — Conseils pour faire cesser la maigreur chez les enfants à la mamelle, les adolescents et les personnes d'un âge confirmé.

CHAPITRE IV.

Manière dont s'opère le développement de notre corps qui ne se termine pas aussi vite dans les climats froids et humides et que dans les contrées chaudes et sèches. — C'est seulement pendant la durée de la croissance que l'on peut espérer de faire grandir un jeune homme. Conseils dans ce but.

CHAPITRE V.

Grandes croissances en fort peu de temps ; leurs dangers]; moyens de les enrayer.

Craignant que le lecteur, en voyant le titre de cet opuscule, ne me suppose des sentiments autres que les miens, pour ce qui concerne l'union du physique et du moral de l'homme, je commencerai par lui exposer les quelques réflexions qui suivent.

Il est reconnu que la nature de nos facultés intellectuelles dépend singulièrement de celle de notre organisation (1). L'influence du physique sur le moral, admis de tout temps, a été le sujet de grandes études. Des naturalistes et des philosophes sont allés jusqu'à déclarer que nos organes seuls produisaient nos facultés intellectuelles, tant est grande cette influence de notre organisation sur notre esprit !

On est arrivé à admettre cette influence du physique sur le moral en observant qu'à tel genre d'organisation, qu'à tel tempérament étaient liées des qualités intellectuelles spéciales; que, chez le même homme, ces facultés changeaient de nature en même temps que le corps, aux différents âges de la vie, à l'état de santé et de maladie. Bien plus, il a été con-

(1) Omnes hominum animæ dignitate naturæ omnino uniformes sunt, nec inter stultissimi cujuspiam et sapientissimi hominis animos ulla plane diversitas reperiri potest... Quod si interdum videamus hominem alterum alteri ingenii acumine et intelligendi vi excellere, hanc varietatem certum est, non a majori minorive intellectus præstantia oriri, sed ex organi dispositione et aptitudine diversa proficisci. (Ant. Zara.)

staté que si notre physique recevait une modification non pas organique, mais simplement physiologique, comme celle que peuvent procurer un
aliment, une boisson, notre moral en recevait une
influence qui modifiait à l'instant notre esprit.

Cependant ces facultés intellectuelles et morales de l'homme ne sont nullement produites par
la constitution, par les tempéraments qui ne font
que de leur imprimer un mode de puissance et de
force. Elles ne siégent pas plus dans le cerveau
que l'électricité dans la machine électrique. Le cerveau n'est que l'instrument de leur développement,
de leur apparition. D'où viennent-elles ? Sont-elles
une émanation de l'âme, cette essence divine, immortelle que Dieu a donnée à chacun de nous ?

La définition de l'homme par de Bonald : *une intelligence servie par des organes*, est bien flatteuse
pour nous ; mais on ne peut l'admettre en étudiant,
en examinant les phénomènes de la vie. Heureusement que tous les systèmes des matérialistes
ne peuvent également résister aux objections sans
nombre qu'on leur fait et qui en prouvent la faus-
seté.

Il en est ainsi de la fameuse sentence d'Aristote :
Nihil est in intellectu quod non prius fuerit in sensu,
reproduite par Condillac, modifiée par Cabanis, par
Broussais, et tout récemment par quelques savants
qui tentent d'établir une espèce de philosophie
sous le nom de *positivisme*. Cette nouvelle école
veut que l'on se contente de constater *ce qui est*,

sans s'inquiéter d'*où il vient*, et *où il ira*. C'est demander à l'homme quelque chose qui est bien en opposition avec sa nature, lui qui aime tant à savoir ce qui s'est fait dans le passé, et qui s'inquiète tant de son avenir. C'est singulièrement l'amoindrir.

Il y a des choses évidentes pour tout le monde que chacun reconnaît n'importe sa condition, son degré de civilisation. Il en est ainsi du libre arbitre. Chacun sait qu'il est libre de faire ou de ne pas faire une chose; il en trouve la preuve dans le regret qu'il a de n'avoir pas fait une bonne action qu'il pouvait faire, dans le repentir qu'il éprouve d'une faute qu'il a commise. Il sent encore qu'il parcourt le chemin de la vie non fatalement comme un corps inerte, une pierre en mouvement qui obéit aux lois de la pesanteur, mais bien libre de ses actions, pouvant s'occuper du bien ou du mal, ayant honte de lui-même, quand il s'est abandonné à ce dernier, et éprouvant une grande joie dans son cœur, lorsqu'il s'est adonné au bien. Et dans cette joie il a le sentiment d'une récompense de la nature du bonheur qu'il éprouve, c'est-à-dire immatérielle, ne devant pas le quitter après sa mort. C'est la conviction de tous les êtres humains.

Méconnaître l'âme immortelle de l'homme me semble, d'après ce que chacun ressent, être le résultat d'un système et non d'une conviction.

Mais vouloir expliquer l'union de cette essence divine à nos organes est une chose téméraire. Les efforts des savants les mieux intentionnés, entre autres de Leibnitz (1), pour y parvenir, le prouvent bien. C'est au-dessus des forces humaines.

On est ainsi borné sur tout ce qui se rapporte à l'essence de la vie, qui restera toujours un mystère impénétrable pour nous.

Contentons-nous donc, dans l'étude de l'homme, de constater les phénomènes qui s'y passent, en faisant comme Galien, en reconnaissant et en proclamant sans cesse qu'une intelligence divine qu'il appelait l'intelligente nature, a procédé à l'admirable disposition des organes de notre corps pour le parfait accomplissement des actes que nous sommes appelés à exécuter pendant notre passage dans ce monde.

(1) Essais sur la bonté de Dieu, la liberté de l'homme et de l'origine du mal. — Système nouveau de la nature et de la communication des substances, aussi bien que de l'union qu'il y a entre l'âme et le corps, par G.-G. Leibnitz.

CHAPITRE PREMIER.

CONSIDÉRATIONS PHYSIOLOGIQUES.

Les naturalistes sont d'accord sur les lois de l'influence réciproque des organes et de leurs fonctions, quand il s'agit d'une modification d'étendue et de force apportée à un muscle, par exemple, par suite d'un exercice inaccoutumé. Ils reconnaissent que nos différents organes sont susceptibles de prendre plus ou moins de développement et de puissance, selon l'emploi qu'on en fait et qu'ils sont frappés d'atonie, d'atrophie même, si on les laisse dans l'inaction.

Les sauvages, les hommes des pays où les travaux de l'intelligence sont ignorés, ont le cerveau beaucoup plus petit que les habitants des contrées civilisées qui se font remarquer par le grand développement de leur tête.

Les chanteurs ont la poitrine toujours ample.

Les hommes d'une même race, les animaux d'une même espèce, ont les organes de la digestion d'une étendue, d'une ampleur différentes selon le genre d'aliments dont ils font usage.

Les bateleurs, les ouvriers boulangers, et tous ceux qui emploient leurs bras à un travail actif, en déployant une certaine force, ont les muscles de ces parties développés souvent d'une manière démesurée.

Une personne qui se sert plus habituellement du membre supérieur droit, a ce membre et le côté du corps auquel il est attaché plus développés que le côté et le membre opposés.

Les hommes qui sont toujours en mouvement ont les membres inférieurs fortement musclés, tandis que ceux qui passent la plus grande partie du temps assis, comme les tailleurs, ont les jambes grêles.

Il est arrivé que des personnes ont été condamnées par une infirmité, par l'obésité, par exemple, à passer, assises dans un fauteuil, les dix, les cinq ans qui ont précédé leur mort; alors on a été à même de constater, à leur autopsie, que leurs muscles avaient singulièrement perdu de leur grosseur normale. On ne trouva plus trace de ceux des jambes chez Louis XVIII, roi de France, qui mourut obèse après plusieurs années passées sans marcher (1).

J. Liébig dit (2) avoir observé que les hommes gras avaient de petits muscles; cela doit être ainsi, parce que les personnes surchargées d'embonpoint marchent peu, sont ennemies du mouvement qui les fatigue, et sans lequel l'innervation et la circulation ainsi que la nutrition diminuent dans les muscles.

Les organes qui concourent à la formation de notre corps sont donc susceptibles de grandes modifications, selon les circonstances où ils se trou-

(1) Sépultures nationales, par Legrand d'Aussi, membre de l'Institut.

(2) Chimie organique appliquée à la physiologie animale et à la pathologie.

vent, qu'ils y aient été placés accidentellement ou sciemment dans un but prévu.

Il en est de même des plantes; et les jardiniers font leur principale occupation de pousser le plus loin possible ces modifications si extraordinaires qui constituent des variétés.

Les agriculteurs, les éleveurs de chevaux et de plusieurs autres animaux domestiques, n'ignorent pas qu'une telle alimentation, un tel genre de vie appliqués à ces animaux, les rendent plus aptes à remplir le but pour lequel ils les destinent. De ces animaux, les uns deviendront chargés d'une très-grande quantité de tissu graisseux, tandis que chez les autres, chez les chevaux, par exemple, ce seront la charpente osseuse et le système musculaire qui prendront un développement inaccoutumé; bien plus ce développement du squelette et des muscles sera réparti de manière à rendre un cheval très-apte à faire un coursier rapide ou bien à traîner ou porter de lourds fardeaux.

Les Anglais nous ont précédés dans cette éducation physique des animaux; aujourd'hui, nous les rivalisons avec honneur, si nous ne les dépassons.

Mais, quant aux modifications que l'on peut faire subir à l'espèce humaine, nos voisins d'outre-Manche ne s'en sont pas plus directement occupés que nous; c'est à la gymnastique seule que l'on demande chez eux comme chez nous les quelques secours qu'elle peut apporter, et qui sont toujours insuffisants pour obtenir un grand résultat. Il en était de même chez les Grecs, qui étaient si jaloux du perfectionnement du physique de l'homme. Hercule institua les jeux olympiques. Solon, étant premier magistrat d'Athènes, décréta, parmi les lois dont il dota son pays, qu'à des époques rapprochées, auraient lieu des exercices publics, où les jeunes gens seraient tenus de paraître pour faire preuve de vigueur. On y couronnait, l'on y portait en triomphe ceux dont le corps, avec une belle conformation avaient donné les plus grandes preuves de force.

Les jeunes Athéniens qui s'y présentaient surchargés d'embonpoint étaient saisis par ordre des archontes et conduits dans des lieux où on leur faisait subir un traitement spécial pour les en délivrer, et cela dans l'intérêt de l'hygiène, pour arriver au perfectionnement de la race grecque, objet de la sollicitude constante de la part des hommes placés à la tête du gouvernement (1).

Est-ce à ces soins incessants et continués pendant des siècles pour ce perfectionnement, que les Grecs sont redevables de posséder encore aujourd'hui cette beauté des formes qui tranche tant avec la conformation des populations qui les avoisinent? Il ne faut pas oublier que les Pélages, les ancêtres des Hellènes, venaient de la Géorgie, où a toujours été et où se trouve encore actuellement le plus beau type de l'espèce humaine.

(1) Les Grecs faisaient une distinction complète entre ces exercices qui étaient des fêtes nationales et ceux des athlètes, sortes de spectacles fournis par des acteurs fort méprisés.

Les magistrats d'Athènes, en prenant tant d'intérêt à la conformation de leurs compatriotes, n'auraient eu alors qu'à la conserver belle et telle qu'elle était originairement, en combattant l'influence fâcheuse du climat ; car, à la longue, une race déplacée subit toujours, par ce changement de lieu, une modification dans sa constitution. Cependant il faut reconnaître que cette modification s'opère bien lentement. Voyez les juifs : malgré leur migration sur tous les points du globe, ils ont conservé partout cette figure caractéristique, cette taille moyenne de leurs ancêtres. Ils sont toujours tels que les portraits nous les représentent, alors qu'ils étaient chassés de Jérusalem, dans le iie siècle de notre ère.

Si la nature elle-même, si les climats ont si peu de puissance pour opérer une grande, une profonde modification dans l'organisation de l'homme, le médecin peut-il avoir cette prétention ? Doit-il espérer que, par des moyens qui ne compromettent point la santé, il lui sera possible de transformer complétement une constitution, de la rendre, par exemple, sanguine de lymphatique qu'elle est ? Hippocrate était porté à le croire (1). Les physio-

(1) Hoc igitur medicum... nosse convenit... ab eo enim quod est consuetum viget et augetur, ab eo vero quod est inimicum extenuatur et retunditur. Quisquis autem hujus modi, mutationem in hominibus adhibere noverit, et per victus rationem hominum humidum et siccum, calidum autem et frigidum reddere poterit, is sane hunc morbum citra expiationes et artes magicas..... Si eorum quæ conferunt opportunitatem dignoscat, curare poterit. (*De sacro morbo.*)

logistes sont peu disposés à l'admettre ; ils reconnaissent bien qu'il y a parmi les individus des différences acquises, des modifications dans l'organisation qui sont arrivées par le genre de vie, les habitudes, et que l'on peut également faire naître au moyen d'un traitement approprié ; mais il faut toujours, disent-ils, faire la part des dispositions naturelles ; on ne peut forcer la nature (1). Cependant, alors que l'on abusait des émissions sanguines dans le traitement des maladies, que de fois n'est-il pas arrivé de procurer un tempérament lymphatique touchant à l'anémie, à l'infiltration générale, chez un homme doué jusque-là d'une constitution sanguine. On peut donc modifier une constitution. Mais qu'elle est la bonne ? Y en a-t-il plusieurs bonnes ? Il n'y a qu'une bonne et une mauvaise constitution.

La bonne est liée au tempérament sanguin et la mauvaise au tempérament lymphatique. Ce qu'on désigne sous les noms de tempérament nerveux et bilieux, ainsi que leurs composés, ne sont que des nuances de la constitution que l'on peut seulement noter, mais qui ne méritent pas, ainsi que nous espérons le prouver, l'importance qu'on leur a donnée dans les livres de physiologie.

Le seule division réelle et fondée de l'organisme est celle qui reconnaît seulement une constitution forte, liée au tempérament sanguin, et une consti-

(1) Adelon. *Éléments de physiologie.*

tution faible fournie par le tempérament lymphatique. Cette division n'a pas les défauts qu'on prête à celle basée sur des tempéraments plus ou moins nombreux. Ses caractères sont bien tranchés.

Si l'on cherche à faire subir une modification à la constitution, c'est ordinairement pour lui donner ce qu'on appelle le tempérament sanguin, et l'on devrait faire tous les efforts pour le procurer à ceux qui ne l'ont pas, car c'est avec lui seul que le corps de l'homme présente le développement en tous sens, le plus favorable pour exécuter ses diverses fonctions. C'est à cette organisation seule que sont liées les facultés intellectuelles les plus développées, les plus énergiques.

Dans l'état de santé parfaite (εὐεξία des Grecs), l'on suppose que chacun des appareils ou des organes importants qui prennent part aux phénomènes de notre vie y concourt avec une force, une puissance qui se tempèrent les unes les autres. A cette heureuse manière d'être, les anciens avaient donné le nom de *tempérament* dont nous nous servons peu logiquement pour exprimer un état tout à fait différent du corps, c'est lorsqu'un ou plusieurs appareils ou organes importants prédominent les autres en développement et en énergie.

Comme la santé parfaite, telle qu'on la suppose avec ces appareils et ces organes qui se tempèrent, n'existe pas, chacun de nous possède un tempérament d'après l'idée qu'on y attache actuellement;

mais tous ces tempéraments diffèrent entre eux.
Les fonctions de la vie se font plus ou moins bien
avec chacun d'eux. Tous, excepté un seul, prennent
leur source, leur défaut, dans la faiblesse de la constitution, ainsi qu'on le verra.

Le seul tempérament qui n'entraîne pas avec
lui l'idée d'une constitution faible, est le tempérament sanguin. Il empêche au contraire la santé
parfaite d'exister par l'excès de la force de l'organisme.

Si l'on établissait une échelle de la santé, d'après
les tempéraments, je crois qu'on pourrait la faire
ainsi :

Tempérament sanguin.........	1	Ayant ses défauts dans la force de l'organisme.
Santé parfaite.............	0	Absence de tempérament.
Tempérament lymphatique	1	Prenant leurs défauts
id. bilieux	1	dans la faiblesse
id. nerveux	1	de la constitution.

(et leurs composés.)

Dans ce tableau, la santé parfaite sépare le
tempérament sanguin, qui est au-dessus d'elle, des
autres tempéraments qui sont au-dessous. Cette
séparation est d'autant mieux fondée que le tempérament sanguin, tel qu'on doit le comprendre,
est incompatible avec les autres; car c'est à tort
que dans leurs descriptions des tempéraments composés, les physiologistes l'ont uni aux autres, en
lymphatique par exemple. Le sanguin prend sa

source dans la nature de son sang qui est riche en globules, en albumine et en fibrine. Il imprime à tout l'organisme une manière d'être dont l'excès de force est le seul défaut. C'est par les qualités seules du sang, et non par la quantité de ce liquide, que le tempérament sanguin est constitué.

De ce qu'une femme a beaucoup de sang, elle n'en est pas moins lymphatique, parce que ce fluide n'a pas chez elle les qualités de celui des hommes sanguins. Il contient toujours moins de globules et plus d'eau (1) que celui des hommes. Aussi ne procure-t-il point à l'organisme et aux facultés intellectuelles de la femme les caractères qui appartiennent au tempérament sanguin. On ne peut avoir en même temps dans les veines le sang riche d'une forte constitution, et le sang pauvre d'un lymphatique. En d'autres termes, on ne peut trouver dans le même homme une forte constitution et une faible constitution.

(1) D'après les recherches de Becquerel et A. Rodier, le sang d'un homme d'une forte constitution, laquelle est liée au tempérament sanguin, contient en moyenne $\frac{141}{1.000}$, de globules tandis que celui d'une mauvaise constitution, du tempérament lymphatique (qui est mauvais pour l'homme), qui est celui de la femme, ne possède que $\frac{127}{1.000}$ de globules. Le sang des femmes est moins riche en éléments solides et plus aqueux que celui d'un homme d'une forte constitution. Le maximum de l'eau trouvée dans une bonne constitution n'atteint pas le minimum de celle constatée dans le sang des femmes. D'après ces mêmes recherches, la quantité de globules et d'éléments solides diminue dans le sang au fur et à mesure que la constitution est plus faible. (*Recherches sur la composition du sang à l'état de santé et dans l'état de maladie*, par A. Becquerel et A. Rodier.)

Un homme d'un tempérament sanguin est le plus souvent d'une taille moyenne, d'un embonpoint médiocre qui permet de voir les muscles plus ou moins dessinés sous la peau; celle-ci n'a pas la blancheur ni la douceur de celle des lymphatiques. La face est le plus souvent sans couleur, mais alors qu'il y en existe, elles n'ont jamais ce blanc rosé des femmes et des hommes lymphatiques. La poitrine est développée pour loger de forts poumons où l'hématose se fait admirablement bien. De là un sang riche, comme nous l'avons dit, en globules; de là une circulation forte et régulière. Les organes de la digestion participent de cette puissante activité qui est imprimée à tout l'organisme. Aussi les fonctions de l'appareil digestif se font-elles avec une facilité inconnue de tous les autres tempéraments.

L'homme sanguin résiste beaucoup aux fatigues du corps, aux privations, aux intempéries du temps, aux influences épidémiques, endémiques et contagieuses, et s'il tombe malade, il est, comme l'on dit dans la pratique, dans de bonnes conditions; il possède une force de résistance qui lui permet de guérir plus facilement que s'il avait un des autres tempéraments.

Les maladies spéciales à chaque tempérament sont très-peu nombreuses pour le sanguin en comparaison du nombre infini de celles inhérentes aux autres. Et encore c'est trop légèrement que l'on dit les hommes sanguins sujets d'une manière toute

particulière aux hémorrhagies de toutes sortes.
Elles sont infiniment plus communes dans les autres
tempéraments. Les hyperthrophies du cœur, les
apoplexies cérébrales sanguines et séreuses ne
doivent point être principalement attribuées au
tempérament sanguin, mais avec bien plus de raison
à la pléthore que l'on confond si souvent avec lui.

Moral de l'homme d'un tempérament sanguin. —
Les fonctions du cerveau sont si importantes, si
apparentes, si sensibles pour les naturalistes,
comme pour les hommes en général, que tout le
monde est porté à le regarder comme l'organe
primordial de la vie. La preuve en est dans la manière dont sont présentés, exposés, expliqués les
nombreux travaux qui concernent ses fonctions. Je
pense que l'on a un peu oublié et que l'on néglige
encore trop aujourd'hui de considérer cet organe
tout simplement comme étant avec le cœur et le
poumon un des trois centres de la vie. Il est sous
la dépendance des deux autres comme ils sont sous
la sienne. Il est une des trois branches de ce tré-
pied de la vie, comme disaient les anciens, qui
sont toutes les trois nécessaires les unes aux autres
pour fonctionner. Et encore le cerveau n'est pas
absolument indispensable pour que la vie ait lieu.
On a vu naître des enfants sans tête (des acéphales,
des anencéphales) qui exécutaient des mouvements
et qui ont vécu plusieurs jours. Que l'on coupe la
tête à un papillon au moment où il cherche à s'ac-

2

coupler avec sa femelle, et il n'en continue pas moins encore assez longtemps ses tentatives. La vie est donc possible, jusqu'à un certain point, sans tête dans les animaux et l'homme, mais on ne peut l'admettre sans un appareil circulatoire plus ou moins développé. Le cerveau n'est qu'un des trois centres de vie, dont les fonctions sont, en définitive, directement modifiées par la nature du sang artériel qui va le vivifier ainsi qu'il le fait pour tous les autres organes.

Avec un sang qui lui arrive privé de l'hématose, il cesse ses fonctions, qui ne s'exécutent que faiblement avec ce fluide lorsqu'il laisse à désirer dans sa composition. Plus le sang est riche en globules, plus le cerveau est vivifié, et plus il devient énergique. Il faut donc reconnaître que ce n'est pas à la grosseur seule de l'encéphale que l'on doit attribuer la puissance des facultés intellectuelles, mais bien également aux vertus du sang qui va le vivifier et peut-être à d'autres influences (1).

Comme c'est dans le tempérament sanguin que le sang possède réellement toutes les qualités constatées et reconnues nécessaires à une bonne

(1) Ce n'est pas seulement des idées de la reproduction que l'on prive à jamais un enfant que l'on castre en venant au monde, mais de beaucoup d'autres encore. Il ne connaîtra ni le courage ni la bravoure ; toutes ses facultés intellectuelles seront faibles et il ne possédera point les qualités du cœur. Hippocrate a dit avec raison : l'économie animale forme un cercle où l'on ne sait placer rigoureusement le commencement ni la fin.

constitution, il est tout naturel que les facultés intellectuelles de l'homme de ce tempérament aient
une énergie, une puissance que ne peuvent avoir
ceux qui sont affectés d'un autre tempérament.

L'homme sanguin perçoit promptement, il porte
son jugement de suite, sans doute ni hésitation.
Il est apte à se livrer à toute espèce de travail
intellectuel avec cette supériorité sur les hommes
d'un autre tempérament, qu'il peut s'y consacrer
entièrement et sans fatigue pendant un temps très-
long, et qui serait beaucoup trop long pour les
lymphatiques, les bilieux, les nerveux, etc. L'homme
ainsi heureusement organisé peut avoir quelquefois
le jugement faux; il est susceptible d'erreurs, de
travers, mais il ne sera jamais nul. Il a le sentiment de sa force; aussi il est brave, il aime les entreprises, où il peut dépenser son excès de vitalité.
Il se livre avec joie à tous les plaisirs des sens sans
crainte d'altérer sa santé. Le fond de son caractère
est la gaieté; il est franc et sans détour. Il se possède, et les grands événements ne l'ébranlent point;
sa sensibilité n'est pas outrée, au point de se trans-
porter de joie d'une manière démesurée ou de s'af-
fliger pour un événement qui bouleverserait les
nerveux, les bilieux et les lymphatiques. La plupart des habitants de notre belle France ont cette
constitution.

Chez les enfants et les vieillards le tempérament
n'est pas aussi solide, le sang n'est pas aussi riche que

chez les hommes dans la force de l'âge (1). Aussi, est ce à cette dernière époque de la vie que se font les plus grandes choses : les savants, leurs meilleurs ouvrages ; les hommes de guerre, leurs plus beaux exploits ; c'est parce que, dit Galien, les facultés intellectuelles suivent la force des tempéraments (2).

Il faut, avant tout, pour être un homme réellement supérieur, avoir un fort tempérament. Pour avoir le droit de porter le titre de docteur ou médecin, il faut avoir déjà une certaine force de complexion qui a permis de se livrer pendant plusieurs années à l'étude des sciences multiples dont la connaissance est nécessaire dans l'art de guérir. Mais quelle forte organisation ne faut-il pas pour arriver à un grand savoir dans cette étude de l'homme à l'état de santé et de maladie ? On nous représente bien à peu près tous les hommes qui se sont illustrés dans les sciences comme maladifs, sujets à un nombre plus ou moins grand d'infirmités : c'est qu'alors que le public s'est occupé d'eux, de leur santé, ils étaient sur le déclin de leur vie, époque ordinaire de la célébrité. Mais ces hommes devaient avoir, dans le principe, une forte constitution pour résister aux fatigues des travaux de l'esprit continués pendant de longues années ; autrement ils se-

(1) D'après Becquerel et A. Rodier, nous avons dit que le nombre des globules diminue chez l'homme au fur et à mesure que la constitution est plus faible.

(2) Quod animi corporis temperaturam sequuntur.

raient morts jeunes, ainsi qu'il est arrivé à plus d'un savant. Il n'y a pas de genre de vie aussi contraire à la santé que celui des travaux de l'intelligence.

Aristote s'est demandé pourquoi les savants étaient tous mélancoliques (1)? C'est parce que cette affection provient d'un malaise, d'un trouble dans les organes digestifs si fréquents chez ceux qui se livrent à l'étude.

Ce n'est point, qu'on me permette de l'observer en passant, la nature de ces travaux qui ruine la santé, ainsi qu'on a voulu le dire pour arriver à prouver que l'homme n'était par fait pour tant occuper son esprit. Il faut bien plutôt attribuer les maux qui assiégent, d'une manière toute spéciale, les hommes de science (2), au manque de mouvement, qui est pour ainsi dire inhérent à cette condition. Ce qui le prouve, c'est que les écrivains des administrations publiques ou privées, qui restent la plus grande partie du jour assis, jouissent rarement d'une santé aussi solide que celle de l'homme des champs, du manœuvre, et cependant le plus souvent ils n'ont qu'à copier, transcrire, etc.

Aussi les Grecs, ne perdant jamais de vue la santé

---

(1) Cur homines qui ingenio claruerant, vel in studiis philosophiæ, vel in republica administranda, vel in carmine pagendo, vel in artibur exerundis, melancholicos omnes fuisse videamus..... Annis vero posterioribus *Empedoc'em, Socratem, Platonem* et alios complures viros insignes hoc fuisse habitu novimus, atque etiam partem ordinis poetarum ampliorem. (Aristote. *Problematum*, sectio xxx, quesᵗ. 1.

(2) G.-A. Tissot. *De la Santé des gens de lettres.*

du corps pour lequel le mouvement est essentiel, combinaient l'exercice avec l'étude. C'était en se promenant dans l'Académie que Platon initiait ses élèves à sa divine philosophie ; Zénon professait en parcourant des galeries ; Épicure et Aristote donnaient leurs leçons dans leurs jardins.

Les Romains faisaient entrer les exercices du corps dans l'instruction. Leurs maisons d'éducation s'appelaient *gymnasia*.

Les hommes qu'on appelle bilieux, nerveux, lymphatiques sont incapables, par leur organisation, d'un travail intellectuel persévérant, sans danger pour leur santé. Ils peuvent acquérir beaucoup de science sur un point quelconque des connaissances humaines, mais ils ne pourront jamais se livrer avec succès en même temps aux affaires de l'État, aux sciences et aux soins de la famille. Je les classe tous dans la même condition, parce que, au fond, leur constitution est défectueuse chez tous.

On a bien attribué une organisation spéciale et des facultés intellectuelles spéciales à chacune de ces trois nuances de constitution, ainsi que nous l'avons dit, mais les tableaux qui en ont été faits par les anciens comme par les modernes n'ont jamais été satisfaisants. Ils ont toujours manqué de netteté, de précision. Du reste les physiologistes ne sont pas d'accord sur le nombre des tempéraments.

Galien a dit qu'il voyait dans les corps des tempéraments nombreux.

Beaucoup de médecins sont d'avis qu'il en existe

autant que d'individus; un grand nombre reconnaissant qu'ils ne pouvaient tirer aucun avantage
de la doctrine des tempéraments dans le traitement
des maladies (1), ont jugé qu'il était inutile d'en
tenir compte.

Hallé est cependant l'auteur de grands travaux
sur ce sujet, tout en ne faisant que d'approprier à
notre langage anatomique la théorie des anciens.
Dans l'ouvrage de Cabanis, *De l'Influence du physique sur le moral*, les tempéraments sont décrits
d'une manière brillante, ainsi que dans la physiologie de Richerand.

M. le professeur Rostan a senti tout le vague attaché au mot tempérament, et l'a remplacé par celui
de constitution, qui est moins superficiel. Mais en
définitive ses divisions de l'organisme n'en sont pas
plus fondées. Elles donnent lieu aux mêmes reproches
que celles faites avant lui. Ce qu'il dit d'une des
constitutions qu'il admet, peut parfaitement s'appli-
quer à une ou plusieurs autres. C'est pour éviter ce
reproche que l'on a créé des tempéraments composés, comme le lymphatico-sanguin, que nous
avons dit impossible.

Pourquoi ces dissidences dans le nombre des
tempéraments? parce que les divisions n'ont été
basées que sur des nuances de la constitution qui
sont infinies et que l'on ne peut classer.

---

(1) Zimmermann. *Traité de l'expérience dans l'art de guérir.*
Clerc. *Histoire naturelle de l'homme à l'état de santé et de maladie.*

En parlant du tempérament lymphatique, Royer-Collard l'attribue au peu de globules que contient le sang des personnes qui en sont affectées. Il est dans le vrai, et non ceux qui le caractérisent par une abondance plus ou moins grande de lymphe, d'humeurs dans l'organisme. Beaucoup de jeunes filles lymphatiques ne sont pas potelées; loin d'être grasse, une personne peut être maigre et lymphatique.

On a bien dit que cette pauvreté du sang des lymphatiques provenait d'un manque d'innervation : ce n'est qu'une supposition ; mais ce qui n'en est pas une, c'est qu'en appauvrissant le sang d'une personne par des saignées, en y diminuant le nombre des globules, on lui procure le tempérament lymphatique.

C'est sur la nature du sang seul que l'on peut établir des divisions réelles, fondées, de l'organisme et en faire des constitutions.

Le sang riche en globules, en matériaux solides, constitue le tempérament sanguin, la forte constitution et, pour y comprendre le moral, la forte complexion.

Le sang pauvre en globules, très-aqueux, donne le tempérament lymphatique, la faible constitution, la faible complexion, pour y joindre les facultés intellectuelles.

Toutes les autres divisions de l'organisme méritent, je le répète, les reproches qu'on leur fait. D'ailleurs, beaucoup de médecins reconnaissent seu-

lement le tempérament sanguin et le lymphatique,
tout en n'admettant pas la théorie qu'on a faite des
tempéraments.

Comment peut-on en reconnaître un nerveux, si
l'on se rappelle ce qui constitue un tempérament,
une prédominance, un plus grand développement,
en volume et en énergie que de coutume, d'un appareil ou d'un organe important.

Est-ce qu'on a jamais observé que le système nerveux était plus développé chez les personnes douées
de ce tempérament que chez celles qui ne l'ont pas?
Les femmes et les enfants sont très-nerveux, et ce
qui prédomine chez eux, c'est le système lymphatique. Ce que les physiologistes ont décrit sous le
nom de *tempérament nerveux convulsif* me semble
un état maladif plutôt que sain, qui est dû à un
surcroît de sensibilité. Ce qu'on appelle le tempérament nerveux n'est qu'une nuance de la constitution.

La théorie qui fonde l'existence d'un tempérament bilieux sur une surabondance de sécrétion de
la bile est une grosse erreur. Ce que les hommes
qui passent pour bilieux, produisent le moins, c'est
de la bile.

Une des principales qualités de la bile est d'aider
la digestion et d'exciter les intestins à se débarras-
ser de la masse alimentaire qui ne contient plus
d'éléments propres à la nutrition du corps. Lorsque,
dans la jaunisse, la bile ne peut passer dans les intestins, l'on sait combien la constipation est opinià-

tre; elle persiste tout le temps que les matières rendues sont privées de bile, qu'elles sont de la couleur de la pâte de grosse farine, et cette constipation cesse quand les matières viennent colorées en noir-brun par la bile.

Comment expliquer alors que l'homme à tempérament bilieux, qui est censé faire beaucoup de bile, digère si mal, ait besoin de tant de précautions pour son alimentation, lorsqu'on sait que la bile aide la digestion; que les animaux qui, comme le brochet, ont l'appareil biliaire très-près de l'estomac, digèrent rapidement; comment peut-il être incommodé sans cesse par la constipation? On ne peut pas dire qu'il fait beaucoup de bile, mais qu'elle est résorbée dans l'organisme, car dans ce cas on n'aurait plus affaire à un état physiologique, mais à une maladie, à une jaunisse. Les enfants qui vont à la garde-robe deux, trois ou quatre fois par jour, font plus de bile que l'homme prétendu d'un tempérament bilieux qui va rarement à la garde-robe. J'ai vu souvent de ces hommes au teint jaune, de ce prétendu tempérament, venir me consulter, et tous les médecins se rappelleront comme moi qu'il n'y a pas d'espèce de tempérament (puisqu'il faut que je me serve de ce mot) qui fournisse plus de clients; parce que ces hommes sont obligés, pour se bien porter, de suivre les conseils hygiéniques que voici, que nous verrons indiqués plus loin par Becquerel: *ne pas faire le plus petit excès de table, éviter les excitants de toute sorte, etc.,* ne pas ou-

blier de combattre la constipation (1). Très-souvent
ils ont bu un verre de vin de plus qu'à l'ordinaire,
ou se sont laissés aller à prendre un verre de liqueur; et la nuit qui a suivi le repas a été sans
sommeil; le lendemain matin, la langue est blanche, la bouche pâteuse, le teint mêlé, avec un petit malaise général. Alors, d'après le langage admis, on est incommodé par la bile; c'est au tempérament bilieux qu'il faut attribuer ces désordres.
Les hommes qui sont dans de telles conditions ne
font pas plus de bile que les autres. Pour moi ils
sont atteints d'une affection chronique des voies
digestives, que j'ai supposée une gastro-hépatite
chronique légère, et que j'ai toujours traitée ainsi
avec succès par la diète modérée pendant un ou
deux jours, par le repos des organes malades.

L'on comprend qu'un homme dans la force de
l'âge, condamné à vivre pour ainsi dire de privations, ou sinon à payer chaque petit excès par une
indisposition de quelques jours; l'on comprend,
dis-je, qu'il ait, comme l'on dit, le système nerveux
agacé, très-irritable et qu'il soit alors classé par
quelques physiologistes parmi les tempéraments
nerveux.

En définitive, l'homme au teint brun, ayant besoin du régime sévère dont nous venons de parler
pour conserver sa vie, n'est point d'un tempérament
bilieux comme on le dit, mais bien un homme qui

(1) Becquerel. *Éléments d'hygiène.*

possède un appareil digestif défectueux. Et celui
qui a ce même teint avec l'habitude extérieure du
corps donnée par les physiologistes au tempérament bilieux, et chez qui les fonctions digestives
se font bien, sans avoir besoin de prendre les précautions dont nous venons de parler, est d'un tempérament sanguin. C'est la constitution de la plupart des habitants du midi de la France. Il n'existe
point de tempérament bilieux.

Des quatre tempéraments primordiaux, il ne reste
plus qu'à décrire le tempérament lymphatique, qui
est admis par tout le monde.

L'on trouve que l'homme qui est doué de cette
constitution a les cheveux le plus souvent rouges,
blonds ou châtains et fins; les yeux bleus, la peau
fine et blanche, les mains grasses, les muscles peu
dessinés, les membres ronds, le corps d'une taille
variant beaucoup et souvent surchargé de graisse.
Le teint de la figure est coloré de rouge vif, les extrémités, comme les pieds et les mains, sont souvent
grosses.

Tous les organes sont pénétrés de lymphe, d'humidité, qui fait que l'homme lymphatique est peu
énergique, peu apte aux travaux physiques et moraux.

La constitution lymphatique est donnée naturellement aux enfants et aux femmes. Celles-ci, moins
capables que l'homme, par cette organisation, de
résister aux fatigues, aux causes des maladies, possèdent cependant une énergie dont sont dépourvus

la plupart des hommes lymphatiques. Elles prennent indubitablement le principe de cette force dans un organe qui leur est propre (l'utérus), dont l'influence sur l'organisme de la femme se fait sentir bien davantage que les organes de la génération ne le font sur l'homme, quoique cette dernière influence soit déjà très-puissante.

Mais chez l'homme la constitution lymphatique est mauvaise ainsi que les nuances de la constitution, appelées tempérament nerveux, bilieux, et leurs composés.

Pour le prouver, je rapporterai les conseils hygiéniques qui leur sont indiqués par les auteurs, et, notamment, par A. Becquerel, pour conserver leur santé.

Aux personnes d'un tempérament nerveux :

1° éviter toutes les causes capables de mettre en jeu la susceptibilité du système nerveux et en particulier celles qui agissent sur les facultés intellectuelles ;

2° Sous le rapport du régime, éviter aussi bien le régime débilitant que le régime excitant ;

3° Insister fréquemment sur l'emploi des bains ;

4° Se livrer à un exercice modéré, habiter s'il se peut la campagne et mener une vie active, laborieuse et peu intellectuelle.

Aux bilieux : 1° Sobriété habituelle ;

2° Prendre beaucoup d'exercice ;

3° Fuir les émotions morales trop vives;

4° Éviter la constipation.

Aux lymphatiques : 1° Respirer un air pur dans un lieu très-élevé, à la campagne;

2° Exercice régulier proportionné aux forces;

3° Alimentation saine, abondante, azotée ;

4° Éviter avec soin l'influence de l'humidité et de toutes les causes morbifiques:

5° Combattre rapidement les affections dès leur début, car les maladies des lymphatiques tendent à s'éterniser.

Il est tout naturel de penser que des hommes ainsi organisés sont incapables de se livrer aux travaux physiques et moraux que l'homme sanguin peut entreprendre, qu'ils ne résistent pas comme lui aux causes morbifiques, qu'ils seront plus facilement victimes que lui des maladies épidémiques, endémiques et contagieuses. Ils doivent bien réellement être considérés comme étant d'une faible constitution.

C'est dans ces tempéraments, dans cette faible complexion, et non dans le tempérament réellement sanguin, que l'on trouve les chorées, les épilepsies, les catalepsies, et toutes les affections qui ont leur siége dans le système nerveux; les scrofules, le scorbut, les abcès froids, les tumeurs blanches, les rachitis, la phthisie tuberculeuse et la plupart des maladies héréditaires qui font la désolation des familles.

Si les hommes de cette complexion étaient pénétrés des lois de la physiologie, ils n'avoueraient
pas qu'ils ont un tempérament lymphatique ou
bilieux ; ils ne se vanteraient pas d'être nerveux,
mais il n'en est pas ainsi. C'est un peu la faute des
médecins qui, loin de leur faire comprendre tous
les désavantages inhérents à ces tempéraments, leur
en parlent comme d'une manière d'être compatible
avec la santé, et qui peut leur permettre de parcourir plus ou moins dignement, plus ou moins
heureusement le chemin de la vie. Mais si pendant ce parcours un moraliste les observait, il ne
trouverait pas en eux les qualités que nous avons
dit être le propre du tempérament sanguin, ou
bien ce ne serait qu'exceptionnellement ; car il verrait passer le plus souvent des maniaques, des originaux insociables, des misanthropes, des hypochondriaques, des mélancoliques, des hommes
cruels, coléreux, continuellement chagrins, des
conspirateurs, des jaloux, des traîtres, des trembleurs, des lâches et des idiots ; car tous les défauts
de ces hommes prennent leur source dans la faiblesse, dans le manque de solidité de l'organisation.

C'est pour cela que les anciens philosophes
naturalistes, pénétrés de cette vérité, conseillent,
pour rendre meilleur le moral des hommes, de corriger, de perfectionner la constitution.

Ceux qui veulent améliorer leurs facultés intellectuelles, dit Galien, doivent chercher à donner
à leur corps un bon tempérament (*des Mœurs de*

l'âme). C'est l'avis d'Hippocrate et d'Aristote.

La morale de Pythagore et de Platon repose sur les règles d'une hygiène bien entendue.

Descartes a dit : «Animus adeo a temperamento «et organorum corporis dispositione pendet ut si «ratio aliqua inveniri posset qûæ homines sapien-«tiores et ingeniosiores reddet quam hactenus fue-«runt, credam illam in medecinâ quæri deberi» *(De Methodo).*

Cependant l'on rencontre encore assez souvent des personnes qui admettent qu'une faible complexion a des avantages sur une forte constitution. Cabanis a dit (1) en parlant de Bacon : «Une constitution délicate lui avait donné les moyens d'observer plus en détail et discuter plus directement les relations intimes du physique et du moral. »

Un professeur à la Faculté de médecine de Paris a soutenu dans cette Faculté une thèse dont le titre est ainsi : *Des avantages d'une constitution faibl* (2). Le but de cet écrit, dit l'auteur, est d'exprimer la préférence que cette constitution mérite sur une complexion forte qui est fournie par le tempérament sanguin.

La complexion faible pour lui est celle des en-

<hr/>

(1) *Études de l'homme,* 1ʳᵉ mémoire lu à l'Académie des sciences, en l'an IV.

(2) *Des avantages d'une constitution faible,* par Fouquier. Collection des thèses de la Faculté de Paris.

fants et des femmes, le lymphatique. Fouquier sou-
tient « que la complexion faible est avantageuse pour
l'homme, parce qu'il n'a pas avec elle une vigueur
dangereuse, qu'il évite les maladies par sa tempé-
rance ; par sa susceptibilité, il les pressent et se met
en garde contre elles. Les maladies sont moins
graves chez lui que chez les personnes d'une forte
constitution : donc il vit plus longtemps. »

Par ces expressions *vigueur dangereuse*, Fouquier entendait que l'homme ayant cette force
inhérente à la constitution sanguine est porté à
faire des excès de toute sorte, à abuser de sa force,
comme l'on dit vulgairement. Oui, l'homme robuste
abuse de sa force et beaucoup trop souvent, puisqu'il ne devrait jamais le faire ; mais je nie que
l'homme d'une faible complexion soit plus raison-
nable que lui. Nous ne sommes pas des anges, et
forts et faibles, nous faisons tous des excès contraires à la conservation de notre santé. Et il faut
observer que les faibles n'ont pas besoin de
porter loin ces excès pour sortir du domaine de la
prudence. Ils sont donc plus exposés à acquérir
des maladies ; et ces maladies, contrairement à
l'opinion de Fouquier, seront plus dangereuses pour
le faible que pour l'homme robuste.

Il est certain que l'un et l'autre étant atteints
d'une fièvre typhoïde, par exemple, présenteront
des symptômes morbides différents, d'une intensité plus grande en apparence chez l'homme robuste
que chez celui qui a une faible complexion ; mais

3

chez celui-ci, le sang perdra ses qualités, l'innervation cessera plus vite et la mort arrivera plus
facilement que chez le premier, quoiqu'il présente,
je le répète, des accidents plus graves.

J'ai donné des soins à un homme d'une constitution sanguine pour une fièvre typhoïde grave,
compliquée de symptômes ataxiques d'une grande
intensité et que je fus assez heureux de rappeler à la
santé. A quelque temps de là, cet homme perdit de
la même maladie son neveu qui était d'une faible
complexion, d'un tempérament lymphatique. La
mort arriva sans grandes douleurs et presque sans
plaintes. C'est ce qui me fit dire par cet oncle :
« C'est étonnant que mon neveu soit mort, j'ai été
plus malade que lui, et me voilà. » C'est que chez
les lymphatiques, chez les personnes d'une faible
complexion, l'on voit souvent la destruction des
organes s'opérer pour ainsi dire à la sourdine, sans
grandes douleurs (ces cris de la nature souffrante,
comme les appelait Broussais), sans réaction, cette
puissance vitale des organes.

Nous pouvons persister à dire que les personnes
d'une constitution faible résistent moins que les
fortes aux causes des maladies ; qu'elles les évitent
moins facilement dans les privations, dans la mi-
sère, dans les épidémies, etc., et que, quand elles
en sont atteintes, elles sont plus exposées à la mort.

On voit bien quelques hommes qui *pressentent*
qu'ils seraient malades sans de très-grandes pré-

cautions, s'ils s'exposaient, par exemple, à l'action de l'air extérieur sans avoir consulté le thermomètre, et sans s'être au préalable habillés plus ou moins chaudement selon la température du jour ; mais est-ce posséder la santé que d'être ainsi faible de complexion ? La Rochefoucauld a dit : «C'est une ennuyeuse maladie que de conserver sa santé par un trop grand régime» (1).

C'est, en définitive, une erreur d'avancer que l'homme d'une constitution faible vit plus longtemps que celui qui est doué d'un fort tempérament.

Nous avons dit que quelques auteurs, entre autres Cabanis, ont admis que, sous le rapport du moral, une faible complexion pouvait avoir des avantages sur une forte complexion.

Voici ce que dit Fouquier à cette occasion, dans l'ouvrage que nous avons cité :

« L'homme, en se fortifiant, s'abrutit, l'esprit est en raison de la masse du corps. L'imagination est liée à la délicatesse des organes. La sensibilité est la source du génie. Les hommes faibles ont plus d'esprit que les hommes forts; aussi les femmes ont-elles plus d'esprit que les hommes. Ce qui le prouve, c'est que la tête leur tourne plus facilement qu'aux hommes, par la raison que les grands esprits sont plus sujets à la folie qu'une intelligence ordinaire. »

(1) *Maximes.*

C'est une erreur de croire que l'homme, en se fortifiant, s'abrutit; bien au contraire, ainsi que nous l'avons démontré, au fur et à mesure que le physique prend plus de force, au fur et à mesure les facultés intellectuelles ont plus d'énergie. Une forte corpulence n'est pas incompatible avec l'esprit. On en trouve des preuves en se rappelant Guillaume le Conquérant, Marius, Jean Sobieski (1), et tant d'autres personnages illustres. Ce n'est

---

(1) C'est à tort qu'on a classé ces grands hommes parmi les obèses; car Guillaume le Conquérant, obèse, n'aurait pas eu le courage, quelque temps avant sa mort, d'entreprendre un long voyage et de se tenir à cheval pendant plusieurs jours de suite, pour porter, avec ses troupes, le carnage dans les campagnes et les villes où il passait, en marchant sur Paris. Il avait les muscles très-développés et en même temps l'ardeur inhérente à la pléthore sanguine, qui excite tant le cerveau et le rend apte à la conception et à l'exécution des grandes entreprises (*).

Il fallait que Marius ne fût pas simplement obèse, mais d'une forte corpulence pour en avoir imposé et fait tomber les armes au Cimbre qui venait pour le tuer.

Le roi de Pologne, qui acquit la réputation de grande bravoure dans les charges qu'il faisait contre les Turcs, à la tête de ses armées, devait avoir de forts muscles et n'être pas non plus simplement obèse.

C'est ainsi que sont constitués ces gros officiers de cavalerie, qui, étant en selle, couvrent avec leur gros ventre le garrot de leur cheval; s'ils n'étaient pas fortement musclés, il leur serait impossible, avec leur énorme panse, de supporter les fatigues d'une longue manœuvre.

(*) Ce fut alors, en 1087, que Guillaume voulut perdre sa grande corpulence. Il était à Rouen. Il se mit au lit où il observa une diète rigoureuse pendant plusieurs mois et inutilement, sans doute parce qu'il buvait beaucoup, en se privant d'aliments substantiels. C'est pendant qu'il se tenait ainsi couché qu'il envoya vers le roi de France un officier chargé de lui faire une réclamation concernant le Vexin, et que ce roi dit à l'envoyé de Guillaume : *Sur ma foi le roi d'Angleterre est fort long à faire ses couches; il y aura grande fête aux relevailles*, paroles qui, rapportées à Guillaume, furent pour la France la cause de grands malheurs au milieu desquels ce prince irascible trouva la mort.

que lorsqu'il y a excès des exercices musculaires que l'obtusion des actions sensoriales peut arriver, comme chez les athlètes, ou bien lorsque la masse du corps est due à un grand développement du système adipeux, à l'obésité; alors l'on voit, chez les personnes qui en sont atteintes, les fonctions intellectuelles perdre de leur force, de leur énergie. Les hommes surchargés de graisse sont apathiques, sujets à des somnolences insurmontables. Leur esprit est aussi indolent que leur corps; mais cet état est vraiment anormal, et, loin de dénoter la force de la constitution, il en est un signe de faiblesse, un signe du tempérament lymphatique (1).

Si *l'imagination est liée à la délicatesse des organes*, ce qui n'a pas toujours lieu, elle ne fait certainement pas l'esprit, qu'elle trouble et empêche souvent de fonctionner régulièrement (2).

La sensibilité est la source du génie; mais cela ne prouve pas que les hommes d'une forte complexion ne soient point sensibles.

Soutenir, comme Fouquier et quelques auteurs, que la femme a plus d'esprit, et comme beaucoup d'autres, qu'elle a moins d'esprit que l'homme, est un théorème mal posé. C'est comme si l'on disait

(1) Mens increscit cum adest sanitas, cujus curam habere eos qui recte sentiunt præclarum est ubi corporis habitus dolet, mens ad virtutis exercitationem nullam adhibet diligentiam. (Democritus, *de Natura humana.*)

(2) Imaginatio hominis, omnium malorum mater, a dit Paracelse qui avait lieu de s'en plaindre.

que, parmi les chanteurs, un *baryton* chante mieux qu'un *ténor*. Les facultés intellectuelles de la femme ne sont pas de la même nature que celles de l'homme.

De même que son organisation physique a beaucoup de qualités dont est dépourvue celle de l'homme, de même elle a un genre d'esprit auquel il ne peut prétendre.

Si l'homme est important, par des travaux intellectuels dont sont incapables les femmes en général, il est de bien peu de valeur auprès d'elles lorsqu'il s'agit de cette espèce de facultés qu'on appelle affectives. Cela tient à la fermeté peut-être un peu dure de son caractère, à son orgueil (qui est le propre de l'homme), à l'habitude qu'il a, sinon d'employer la force, du moins de montrer qu'il la possède; tandis que la femme trouve, dans la grande sensibilité dont elle est douée, le principe des affections tendres qu'elle prodigue à ceux qui l'entourent. En opposant le dévouement à la fierté, l'abnégation aux exigences, elle désarme les plus forts. Son langage exprimé par une voix douce est empreint du caractère de l'âme sensible. Les expressions tendres, bienveillantes, flatteuses lui arrivent en abondance; elle a des aperçus fins, instantanés; ce qui a fait dire qu'elle possède l'éloquence du cœur. C'est avec ce don de la nature, avec ce talent, que la femme a pu faire et fera toujours de grandes choses au-dessus du pouvoir des hommes: comme de calmer de terribles colères, d'apaiser de violentes fureurs, de faire obtenir le pardon de grandes fautes et d'être la providence de ceux qui souffrent.

Mais toutes ces précieuses qualités de la femme qui la rendent, sous ce rapport, si supérieure à l'homme, sont inhérentes à une organisation délicate, à une faible complexion. Elles ne peuvent donc être mises en jeu très-longtemps et très-fortement, sans que des perturbations arrivent dans l'intelligence, sans qu'elle perde la raison.

La femme est parfaite avec cette complexion délicate, au physique comme au moral ; mais l'homme, avec ce même tempérament, cette même complexion, ne serait jamais capable de remplir les fonctions de la vie aussi bien, aussi brillamment, aussi honorablement que l'homme d'un tempérament sanguin.

Fouquier était lymphatique et, par conséquent, d'une complexion faible, de cette complexion dont il a voulu faire ressortir les avantages sur une forte constitution. Il est devenu une des célébrités médicales de son temps. Professeur à la Faculté de médecine de Paris, membre de l'Académie de médecine médecin du roi régnant alors, etc., il a laissé quelques écrits de mérite.

Si je le compare à un de ses contemporains qui était d'un tempérament sanguin, au chirurgien Larrey, j'y trouve une grande différence de valeur prenant sa source dans la force de la complexion.

L'un remplit dignement sa vie de chaque jour, en faisant son enseignement à la Faculté, ses visites en ville et à la cour, et ses consultations dans son cabinet.

L'autre, pendant vingt ans et plus, est toujours avec nos grandes armées de la République et de l'Empire, soit sous le climat brûlant de l'Égypte et de l'Arabie, ou résistant au froid meurtrier de la Russie. Partout, lors des grandes batailles, il fait des prodiges de dévouement, en passant des jours entiers, des nuits entières à porter des secours aux blessés, à les panser, à veiller à leur bien-être. Ces faits si beaux, consignés dans l'histoire, il n'eut pas été donné à Fouquier de les faire à cause de la faiblesse de sa constitution. Et c'est à la sienne, à sa forte complexion, que Larrey est redevable de son illustration, du grand honneur que lui a fait la France en lui élevant des statues.

De ce qui précède, nous pouvons conclure que la seule complexion bonne à l'homme pour le meilleur accomplissement des fonctions du corps et de l'esprit est la complexion fournie par le tempérament sanguin seul.

Ce que nous avons dit de ce tempérament se rapproche du tableau que Galien fait de celui qui convient à l'homme.

« Un homme, dit-il, qui aurait exactement un tempérament qui convient au genre humain, ne serait ni trop grand ni trop petit; il ne serait ni trop gros ni trop grêle; on ne sentirait point, en le touchant, trop de dureté dans ses muscles; on n'y sentirait point trop de mollesse; une fraîcheur douce

et humide occuperait l'habitude de son corps. Son
esprit ne serait ni téméraire ni timide; il tiendrait
un juste milieu entre la précipitation et la lenteur,
la compassion et la justice; il aimerait ses amis,
serait prudent, mangerait et boirait modérément.
Son teint vif et animé répondrait à l'habitude de
son corps; il dormirait bien et veillerait avec activité » (1).

Il est certain qu'une taille moyenne convient au
genre humain, parce que les hommes qui la possèdent sont doués en général du tempérament sanguin, avec lequel toutes les fonctions du corps se
font bien, ainsi que nous l'avons dit. Il est d'observation que leur vie résiste plus aux agents des-
tructeurs que celle des hommes doués d'une haute
taille et de ceux qui sont infiniment petits, parce
que chez ceux-ci il y a quelque vice dans le sang
qui a empêché le développement normal des organes ou qu'ils sont dans des conditions climatériques où la vie est presque impossible. Il a été
constaté de tout temps que les hommes d'une taille
moyenne résistaient davantage aux grandes fatigues
de la guerre que ceux qui étaient très-grands. On
a eu l'occasion de faire cette remarque sur une
grande échelle, lors de nos désastres de la campagne
de Russie; ce sont les petits soldats qui ont le plus
résisté au froid et aux privations.

Un homme d'une petite taille supporte avec plus

(1) Galien, *du Tempérament*, IV, 1.

de chance de guérison l'amputation d'un membre que celui qui est très-grand.

Les grandes femmes accouchent en général plus difficilement que les petites, qui sont moins sujettes aux fièvres puerpérales que les grandes.

Les hommes d'une taille très-élevée ne sont pas en général d'une très-forte complexion.

C'est ainsi que les plantes qui sont placées dans des conditions à s'élever plus qu'il n'est dans leur nature, sont plus délicates et plus facilement malades que celles qui ne s'y trouvent pas ; le blé semé dans un terrain trop gras pousse démesurément, son chaume devient alors facilement malade et produit peu de grains.

Le terrain gras et humide a également la vertu de faire grandir outre mesure les animaux herbivores qui y prennent leur vie. La contrée de la France qu'on appelle le Cotentin est dans ce cas. De temps en temps, les éleveurs y sont obligés de corriger, par des croisements avec des races étrangères à la localité, l'excès de taille que prennent leurs bêtes à cornes, et cela parce qu'étant de grande taille, elles sont difficiles à élever et à engraisser, et sont sans force pour le travail.

Il est impossible à ces éleveurs de conserver plusieurs années, pendant trois ou quatre générations seulement, une famille de moutons, parce qu'ils deviennent trop grands et qu'ils périssent alors de maladie, surtout de la phthisie tuberculeuse. De quels soins ne faut-il pas entourer, pour les élever, les jeunes animaux dont la taille devient, en domesticité, plus grande par le perfectionnement de l'espèce! tels sont les volailles, les pigeons, les chiens, les chevaux, etc.

C'est dans une taille moyenne, par rapport à l'espèce, et non dans celle très-élevée, que les fonctions de la vie se font le plus régulièrement dans l'homme, dans les plantes et dans les animaux.

Quelle est cette taille moyenne chez l'homme dont parle Galien?

D'après les recherches de Quetelet, les limites extrêmes de la taille se trouvent comprises entre $1^m,467$ et $1^m,890$ (1); la moyenne de ces deux nombres est $1^m,678$, et cette moyenne exprime bien la taille des hommes que nous disons être ni grands ni petits. C'est sans doute celle qui nous a été donnée originairement par la nature. La longueur ordinaire d'un enfant venant au monde à terme, bien développé, est de 50 à 55 centimètres; le milieu de cette longueur du corps se trouve toujours au bord supérieur du nombril (2). En grandissant, ce milieu se trouve plus bas, et chez les personnes

(1) *Recherches sur la loi de la croissance de l'homme.* Bruxelles, 1831, in-4.

(2) A huit mois de grossesse le milieu du corps se trouve à 3 ou 4 centimètres au-dessus de l'ombilic; à sept mois elle se rapproche de l'épigastre, et à six mois elle est au bas de la poitrine à l'extrémité abdominale du sternum. A cinq mois l'enfant est long de 18 centimètres environ; à quatre mois, de 15 centimètres; à trois mois, de 10 centimètres; à deux mois, de 6 à 7 centimètres; à un mois, de 4 centimètres.

d'une taille élevée, il se rencontre vers les organes de la génération. Ce sont donc les membres qui ont pris une longueur disproportionnée au reste du corps.

Vitruve a dit (1), puis Léonard de Vinci (2), que si, sur un homme adulte bien proportionné, l'on plaçait la pointe d'un grand compas au nombril, et que l'on fît passer l'autre pointe aux extrémités des quatre membres étendus et éloignés du corps, l'on décrirait un cercle parfait. C'est ce qui a lieu sur une personne d'une taille moyenne. Sur une personne de cette même taille, l'on trouve que le corps a sept fois et demie la longueur de la tête, proportion de l'Apollon du Belvedère, de l'Antinoüs.

Il faut, du reste, pour ne plus trouver ces proportions, descendre jusqu'à la taille des Kalmouks, dont le corps n'a que six longueurs de tête. Les Esquimaux et les Samoyèdes n'en comptent que cinq, ainsi qu'on peut le constater sur les plâtres faits sur nature et rapportés du pôle glacial par S. A. I. le prince Napoléon.

Nous avons vanté les capacités intellectuelles de l'homme d'une taille moyenne, de l'homme sanguin, d'une forte complexion ; nous nous garderons bien d'avancer que c'est seulement chez l'homme ainsi constitué que se trouvent l'esprit et les talents ; d'abord on nous ferait observer avec raison que le

(1) *De Architectura.*
(2) *Traité de la peinture.*

tempérament sanguin peut se rencontrer dans des constitutions élevées, chez les Normands, par exemple, qui ont fourni des hommes si remarquables à la guerre, en politique, dans les sciences et dans les arts (1).

Et, sans avoir cette constitution sanguine à laquelle j'attribue une influence si heureuse sur les facultés intellectuelles, beaucoup d'hommes, grands de taille, ont laissé un nom dans l'histoire par leurs travaux remarquables en mathématiques, en poésie, en chimie, en botanique; mais presque toujours aussi l'on constate que ces *savants* étaient d'ailleurs d'une simplicité d'esprit qui étonnait. C'était à se demander si ce n'était pas par instinct qu'ils produisaient de si belles choses; rarement ils avaient l'esprit du monde, bien peu auraient été en même temps capables de s'occuper des affaires de l'État.

On aura de la peine à faire admettre qu'un grand corps, avec une tête sur un long cou, soit généralement l'emblème du génie. Le monde est porté plutôt à y rencontrer la stupidité.

Un des grands caractères qui établissent la diffé-

(1) Cicéron avait la taille haute, et mince, le cou très-long; son tempérament était faible dès le principe on le pense bien, avec une telle conformation, mais il l'avait fortifié par les voyages et l'exercice, au point qu'il l'avait rendu capable de toutes les fatigues d'une vie laborieuse; mais il ne cessa jamais de donner des soins tout particuliers à l'entretien de sa santé. Il se baignait souvent, se faisait frictionner le corps, il prenait chaque jour beaucoup d'exercice dans son jardin, où il dictait ses pensées à ses secrétaires en se promenant. (*Vie de Cicéron*, par Midleton.)

rence qu'il y a entre l'homme et les animaux, c'est que ceux-ci sont condamnés, par leur organisation, à regarder la terre, tandis que l'homme, de création divine, comme disait Platon, lève la tête, regarde le ciel (1) d'où lui viennent ses inspirations ; mais le plus souvent les hommes d'une taille très-élevée ne se tiennent pas droits, penchent la tête en avant, ce qui leur donne quelque chose de cette attitude qu'ont les bêtes.

Les naturalistes ont constaté que, dans les animaux, les plus stupides étaient ceux qui avaient un long cou, ceux dont la tête était très-éloignée du cœur; sans doute parce que dans ces conditions le sang artériel n'arrive pas au cerveau avec autant d'énergie, et qu'il perd peut-être de ses qualités dans ce long trajet.

Dans l'espèce humaine, les hommes d'une taille élevée ont quelquefois une force physique très-considérable ; mais ce n'est pas parmi eux que se trouve l'homme d'une force réellement supérieure, herculéenne ; c'est parmi ceux d'une taille moyenne.

De même pour le moral ; ce sera généralement parmi les hommes d'une taille moyenne que l'on rencontrera un esprit réellement supérieur, capable de se livrer avec succès en même temps à l'étude des sciences, aux affaires de l'État et aux soins que demande la famille.

(1) *Os homini sublime dedit, cœlumque tueri
Jussit et erectos ad sidera tollere vultus.*

OVIDE.

Les plus grands hommes avaient une taille peu élevée. Tels étaient Alexandre le Grand, Platon, Albert le Grand, Jules César, Henry IV, Mirabeau et Napoléon Ier, dont la vaste intelligence et le génie puissant étonnent l'univers, comme guerrier, législateur, grand politique. Ses familiers étaient Lagrange, Bertholet, Laplace, ces représentants de la science qu'il aimait. Remarquons encore que cette puissante intelligence était liée à une forte complexion, au tempérament sanguin, qui est celui de tous les hommes de son illustre famille (1).

Dans les chapitres suivants nous allons exposer les préceptes à suivre pour arriver à posséder cette taille moyenne, bien proportionnée, si favorable à l'homme.

_____

(1) Napoléon Ier n'était point d'un tempérament bilieux, ainsi qu'on l'a avancé ; il était sanguin quoique n'ayant pas de couleurs ; ces couleurs sont en général, avons-nous dit, le signe du tempérament lymphatique, le tempérament des femmes.

CHAPITRE II

PRÉCEPTES PHYSIOLOGIQUES POUR DIMINUER L'EMBONPOINT OUTRÉ.

Une des causes les plus fréquentes de la difformité du corps est le trop grand embonpoint. Porté à un haut degré, il donne à la personne qui en est affligée un aspect monstrueux. Il empêche plus ou moins les mouvements du corps; il apporte du trouble dans la santé, le plus souvent parce que les organes importants à la vie, comme le cœur et les poumons, se trouvent gênés, comprimés outre mesure par l'excès de la graisse qui les entoure.

Le cerveau lui-même n'échappe point à l'effet de ce trop plein général; aussi n'y a-t-il pas d'homme qui ne s'aperçoive qu'en prenant un surcroît d'embonpoint, son esprit devient moins libre; ses idées sont alors moins claires, et le travail de l'intelligence est pour lui moins facile.

Un énorme embonpoint occasionne une somnolence qui peut arriver à être continuelle et presque insurmontable. Denys, tyran de Syracuse, était tombé, sous l'influence de son obésité, dans un état d'engourdissement si grand, qu'il fallait le piquer avec un instrument acéré comme une épingle pour l'en faire sortir.

Un homme d'un tempérament sanguin peut arriver à être gêné par un trop grand développement du tissu graisseux; mais il n'est jamais franchement obèse (1).

L'obésité est toujours jointe à une constitution lymphatique, quoique l'on ait dépeint les hommes obèses ayant des couleurs au visage, comme étant d'un tempérament sanguin.

Les enfants à la mamelle ont tous, lorsqu'ils se portent bien, les formes obésiques, qu'ils perdent en venant à marcher seuls et à prendre une nourriture plus azotée.

Il est rare que les jeunes gens, jusqu'à la cessation de leur croissance, aient trop d'embonpoint; cependant il s'en rencontre; mais ce fait est plus commun chez les jeunes filles.

On reconnaît à certaines données physiologiques les dispositions à avoir un trop grand embonpoint.

Le jeune homme ou la jeune fille qui possède cette prédisposition a le visage large et court, les yeux ronds, le nez court et plutôt gros que pointu, les mains et les pieds larges et peu longs. Les formes sont en général arrondies.

Les femmes qui sont d'un tempérament lympha-

(1) Cullen a parfaitement établi la différence qu'il y a entre une forte corpulence, un grand développement de tout le corps, et l'obésité. L'homme obèse est toujours atteint de dyspnée, de difficulté à respirer en marchant, ce qui n'a pas constamment lieu chez une personne d'une forte corpulence. J'ai remarqué que chez celui-ci la partie la plus saillante du ventre était au-dessus de l'ombilic, tandis que chez l'obèse elle était au-dessous de ce point.

4

tique offrent plus souvent que les hommes des exemples d'un embonpoint démesuré.

Les habitants des vallées profondes, de certains pays comme l'Égypte, la Turquie d'Asie, la Chine, la Hollande, où règne une grande humidité, sont en général plus gros que dans des pays élevés et secs.

La disposition à devenir surchargé d'embonpoint est héréditaire ou acquise.

Un enfant qui tette le lait d'une nourrice très-lymphatique peut rester lymphatique et acquérir une disposition à l'obésité qu'il n'avait pas reçue de ses parents.

La cause principale, déterminante, du grand développement du tissu graisseux est dans l'alimentation, lequel développement est alors favorisé par le climat humide, certains genres de vie, le manque d'exercice et l'insouciance.

Il est démontré que les aliments gras ou riches en éléments graisseux, tels que les légumes, les substances amilacées, sont très-favorables au développement de l'embonpoint. Je crois avoir prouvé d'un manière satisfaisante (1) que dans l'engraissement avec les substances précitées, l'eau joue un grand rôle d'abord physiologiquement, comme elle le fait toujours dans l'acte de la digestion, et chimiquement, en concourant directement à la formation de la graisse par son hydrogène qu'elle abandonne

(1) *Traité théorique et pratique de l'obésité* (trop grand embonpoint), *avec plusieurs observations de guérison de maladies occasionnées ou entretenues par cet état normal.* Paris, 1863, in-8°.

et qui se joint au carbone (1), et cela par la puissance de l'organisme.

C'est d'après ces principes que j'ai établi les préceptes pour diminuer l'embonpoint et que voici :

Les végétaux, les légumes, les fruits, sont riches en graisses et en éléments graisseux. Ils contiennent beaucoup d'eau.

La viande privée de ses parties grasses est moins riche en eau, proportion gardée, que les légumes. Elle est constituée en grande partie par de l'azote qui n'entre pas dans la formation de la graisse, et qui est la base de toutes les substances très-nourrissantes.

Il est donc indiqué, il est donc bon pour ne pas engraisser, pour diminuer un embonpoint trop prononcé, de se nourrir de viande principalement ; je dis principalement, parce que l'homme étant de sa nature omnivore, il serait dangereux pour sa santé de vivre pendant un certain temps exclusivement de viande. Il faut donc que, pendant le régime tendant à diminuer son embonpoint, il mange un peu de légumes à ses repas.

Conséquent à ce que nous avons dit sur la formation de la graisse, il aura soin de choisir ces légumes parmi ceux les moins aqueux et les moins riches en éléments graisseux.

---

(1) La graisse humaine est formée de carbone. 79 000
  —   —   d'hydrogène. 11 416
  —   —   d'oxygène 5 584
 (Chevreul, *Recherches sur les corps gras*, 1822.)

. Voici l'énumération des substances principales que l'homme peut manger à discrétion sans crainte d'engraisser, et avec la certitude de voir diminuer la quantité de tissu graisseux qui est dans son organisme. Elles sont prises parmi celles dont il fait habituellement usage. Comme leur mode de préparation peut apporter un changement dans la nature de ces aliments relativement au but que l'on se propose, je vais les désigner avec la manière de les préparer, la plus favorable au régime qui a pour but de combattre le trop grand embonpoint.

Mets que l'on peut manger à discrétion pendant le traitement du trop grand embonpoint.

BOEUF :

Le beefsteak grillé pris dans le vrai ou le faux filet.

Le château-brillant (qui n'est qu'un beefsteak très-épais) grillé.

Le rosbif grillé.

L'aloyau grillé.

Le bœuf cuit dans la casserole en évitant de manger beaucoup de sauce.

Le bœuf cuit dans l'eau (le bouilli), quoiqu'il contienne peu de principes nutritifs.

MOUTON :

Côtelettes grillées.

Gigot cuit à la broche ou dans la casserole, en

évitant de manger beaucoup de sauce, qui n'est que de la graisse dans ce dernier mode de préparation.

VEAU :

Côtelettes grillées simplement ou en papillottes.
Veau rôti à la broche.
Veau cuit dans la casserole en évitant de manger de la sauce.

VOLAILLE :

Le chapon, le poulet rôtis, en évitant de manger les parties grasses.
Le paon rôti.
Le pigeon rôti.
La pintade rôtie.
Le canard rôti.
Le suprême de volailles, en évitant de manger beaucoup de sauce.

GIBIER :

Le faisan rôti.
La bécasse, les bécassines rôties.
Le coq de bruyère rôti.
Les perdreaux rôtis.
Les gelinottes rôties.
Le lièvre rôti.
Le lapin rôti.
Le pluvier doré rôti.

La sarcelle rôtie.

Le râle de genêt rôti.

La caille rôtie.

L'ortolan rôti.

Les grives, merles et mauviettes rôtis.

Le gigot et le filet de chevreuil rôtis.

Les éléments qui prédominent dans la plupart des poissons sont la gélatine, l'huile et l'albumine, mais la fibrine constitue presque entièrement les parties que nous mangeons des poissons de choix qui sont servis sur nos tables. Aussi est-il permis, dans le traitement anti-obésique, de se nourrir des poissons suivants :

La sole.

Le saumon cuit sur le gril.

La truite frite.

Le brochet à l'huile et au vinaigre.

L'esturgeon à l'huile ou rôti à la broche.

Le mulle-rouget frit.

La carpe frite, la perche frite et les goujons frits.

Les parties charnues du turbot et de la raie avec peu de sauce.

Les parties charnues des homards, des langoustes et des écrevisses.

Les huîtres, quoique contenant de la gélatine en assez grande quantité.

Les œufs sont des substances alimentaires qui tiennent le milieu entre la viande et les légumes.

L'on peut en manger de temps en temps, principalement à la coque (1).

Nous avons dit qu'il était impossible de priver
de légumes une personne qui suit le traitement
anti-obésique ; nous indiquerons la pomme de terre
cuite dans sa peau, ou frite ou sautée, comme étant,
de tous les légumes, celui qui produit le moins de
graisse. Cette solanée sans condiment, seule, ne
contient aucun principe de graisse ; mais, ainsi que
nous l'avons vu, unie à un corps gras ou à un élé-
ment graisseux, elle devient apte à développer de
la graisse. Cependant je lui donne la préférence sur
les asperges, les épinards, l'oseille, les choux-fleurs,
les choux, les carottes et les navets, parce qu'elle
contient moins d'eau que ces derniers.

Ensuite, la pomme de terre cuite dans sa peau
ou frite, ou sautée, est généralement mangée avec
plaisir, seule, ou accompagnant la plupart des
viandes.

Parmi les haricots secs, l'on peut quelquefois
manger ceux de l'espèce appelée flageolet, parce
qu'ils se servent habituellement avec très-peu de
sauce.

(1) On ne peut pas absolument proscrire du régime anti-obésique
l'huile à manger et le beurre. Il faut bien les employer comme con-
diments pour préparer les aliments proprement dits. Un ou deux
grammes de beurre avec deux ou trois radis, quoique ne pouvant
fournir que de la graisse, ne doivent pas être défendus à une personne qui aurait beaucoup de plaisir à les manger au repas du matin
ou du soir; car, je le répète, il ne faut pas entièrement priver l'estomac de ce qui lui plaît.

La chicorée cultivée contient moins d'eau que la romaine, la laitue, et les autres plantes données habituellement en salade; aussi faut-il en manger de préférence à ces dernières, mais cependant en petite quantité.

Les brioches, les macarons, les gâteaux, les mets sucrés féculents, doivent être proscrits de la table de ceux qui ont une disposition à trop engraisser ou qui veulent perdre de leur embonpoint.

Ils mangeront le plus rarement possible, et en petite quantité du macaroni, des haricots blancs, et, en plus petite quantité encore, des épinards, de l'oseille, des choux-fleurs, des haricots verts, des petits pois, des asperges, des artichauts cuits ou crus.

Ils sauront que le traitement anti-obésique est très-contrarié par l'usage des fruits crus, tels que melons, pistaches, pastèques, poires, prunes, pêches, abricots, groseilles, framboises, cerises.

Ils peuvent se permettre de manger quelques amandes fraîches ou sèches, des fruits secs, des confitures et du fromage ferme, tels que le roquefort, le gruyère, le hollande, etc.

Le pain fait la base de l'alimentation d'un grand nombre de peuples. Il serait presque impossible d'en priver les hommes qui ont contracté l'habitude d'en manger. Ainsi qu'il est préparé en France, avec de la farine de froment, d'orge ou le seigle, c'est un aliment féculent qui contient un principe très-nourrissant, le gluten, qui se trouve en plus grande abondance dans la farine de la première de ces graminées, et de laquelle les personnes qui ne sont pas pauvres font habituellement leur pain. Mais l'on croit, dans le monde, que le pain le plus blanc, fait avec la farine la plus fine, est plus nourrissant que celui qui est moins blanc. C'est une grande erreur (1). Les grains de froment, en passant au moulin, sont broyés en commençant par la partie corticale, qui donne une farine jaune, parce qu'elle est unie à une petite portion de l'écorce du blé qui fournit le son.

La seconde partie du grain, le centre même donne une farine très-fine et très-blanche qu'on appelle la fleur de farine. C'est avec elle que l'on fait les pains de premier choix chez les boulangers. Mais cette fleur de farine est en grande partie composée d'amidon, qui se trouve constituer le centre du grain de froment, tandis que la partie corticale du même grain est le siége exclusif du gluten, ce principe nutritif du pain. C'est ce qui explique comment le pain fait avec la farine grossièrement blutée, provenant de cette dernière partie du grain, peut suffire à la nourriture de tant de gens qui ne sont pas favorisés de la fortune.

Les ouvriers, tels que les maçons, qui quittent des contrées arides pour venir travailler à Paris, croient d'abord trouver une alimentation suffisante

---

(1) Magendie a expérimenté que les chiens peuvent vivre en se nourrissant de pain de son, tandis qu'ils maigrissent et meurent par l'usage exclusif du pain blanc.

dans le pain blanc de la capitale, ils sont bientôt désillusionnés. Ils en mangent beaucoup plus que de celui qu'ils avaient dans leur pays ; mais, pris seul, il leur donne d'abord un sentiment de plénitude qui disparaît bien vite pour faire place, de nouveau, à celui de la faim.

Le pain passe pour faire beaucoup de sang; il dispose, dit-on, à l'apoplexie. C'est une réputation qu'il ne mérite certainement pas. Si les grands mangeurs de pain ne prenaient pas, avec cet aliment, beaucoup de légumes, et s'ils n'absorbaient pas une grande quantité de liquides, ils ne seraient pas aussi gros, aussi lourds qu'ils le sont. Il est à remarquer que les personnes qui aiment beaucoup le pain mangent de la viande en petite quantité et le moins souvent possible ; aussi disent-elles qu'elles ne comprennent pas comment elles sont si grosses et si incommodées du sang, alors qu'elles mangent si peu de viande.

J'ai été, pendant quelque temps, le médecin d'un homme presque obèse, alors dans la force de l'âge, avec lequel j'ai déjeuné et dîné plusieurs fois. J'ai vu qu'au premier de ses repas, il mangeait un pain de 2 livres entièrement avec un peu de viande et des légumes. Au dîner, il avait besoin de la même quantité de pain, mais peut-être d'un peu moins des autres aliments qu'au repas du matin. A l'un et à l'autre, il ne pouvait se passer de fromage, parce que, disait-il, ce mets le faisait boire. Ce n'est pas qu'il eût besoin d'excitant pour cela, mais c'est parce qu'il y trouvait son plaisir, et qu'il cherchait les moyens de le faire durer. En effet, cet homme absorbait chaque jour 4 à 5 litres de liquides, eau et vin compris. Il dormait souvent dans le jour à son bureau, et le soir, après avoir dîné, il s'abandonnait encore au sommeil. Sa femme craignait beaucoup une attaque d'apoplexie chez lui. Elle me parlait souvent de le saigner. Je n'en voyais point la nécessité ; mais je conseillai à cet homme de manger moins de pain, croyant alors, comme beaucoup de monde, que sa pléthore venait de cet aliment ; il se réduisit à une livre par jour.

Il remplaça ce qu'il prenait en moins de pain par des pommes de terre en robe de chambre, à la mode des Anglais; mais il continua de boire beaucoup ; aussi son état ne changea pas, et ayant éprouvé une perte considérable dans son commerce, il fut frappé d'une congestion cérébrale avec hémorrhagie, à laquelle il survécut quelque temps paralysé, puis il finit par succomber.

Pendant les premières années que je m'occupais spécialement de combattre l'obésité, je conseillais de manger le moins possible de pain. J'ai observé que ceux qui dépassaient mes ordres sous ce rapport, et qui suivaient bien le régime, d'ailleurs, maigrissaient, tandis que ceux qui, tout en ne mangeant que peu de pain, ne suivaient pas exactement mes autres prescriptions, ne perdaient point de leur embonpoint. Je suis arrivé à reconnaître que le pain n'engraisse que comme les autres aliments féculents, amidonnés. L'embonpoint des grands mangeurs de pain doit être attribué aux liquides et principalement à l'eau qu'ils absorbent en grande quantité, laquelle agit une partie physiologiquement, et l'autre chimiquement.

L'eau et les autres liquides, pris en grande quantité, en même temps que le pain, favorisent le développement de la graisse chez l'homme; de la même manière que ces liquides agissent sur les herbivores quand on leur en donne également une grande quantité avec leur fourrage (1).

On peut permettre 500 gr. de pain par jour, aux personnes qui veulent maigrir, sans crainte que cette quantité s'oppose aux effets du traitement.

L'amidon du pain, comme le sucre, peuvent se convertir en graisse, en perdant leur oxygène, et être aussi contraire au traitement anti-obésique. Mais j'ai pour observation, je le répète, que la quantité de pain mangée n'influe pas considérablement sur le développement de l'embonpoint. Il est bon cependant d'éviter de se nourrir de beaucoup de pain et de mets sucrés.

D'après l'énumération que nous venons de faire des mets que peut manger une personne qui suit le régime anti-obésique, et dont elle peut user jusqu'à ce que son appétit soit satisfait, l'on conviendra qu'en ce qui concerne l'alimentation solide, ce régime n'entraîne réellement pas de grandes

(1) Observation de MM. Leuret et Lassagne.

privations. Je sais que le mode de préparation des mets cités plus haut n'est pas celui que préfèrent les gastronomes, à cause de sa simplicité; mais il y a beaucoup de gens gras qui, tout en aimant ce qui est bon, ne sont pas les esclaves de leur ventre au point de ne pouvoir résister aux désirs qu'il leur suscite. Je parle ainsi quand il s'agit de l'alimentation solide, et je n'ose plus avoir la même confiance dans la fermeté des résolutions d'une personne trop grasse, lorsqu'il s'agit de la soumettre à boire peu, à ne pas dépasser chaque jour une certaine ration de boisson.

Le désir de boire est plus impérieux que le besoin de manger. Il est plus facile de déterminer quelqu'un à se modérer dans son manger, à se priver de tel aliment, que de l'empêcher de boire beaucoup s'il en a l'habitude.

Aussi, la boisson est-elle la pierre d'achoppement dans le traitement anti-obésique. Celle dont les femmes abusent le plus, en général, est l'eau. Elles en boivent peu à leur repas, deux verres, trois au plus, souvent coupée avec du vin; mais elles en prennent beaucoup trop entre les repas, soit pure, soit mêlée avec des sirops ou des liqueurs. Je parle des grosses dames, car il n'y en a pas de chargées d'un embonpoint prononcé qui n'aiment beaucoup les liquides. Et il y en a qui portent cette passion à un degré que ne peut atteindre l'homme. J'ai vu la femme d'un marchand, à Paris, âgée de 22 ans, obèse, qui buvait de 16 à 20 litres de liquides par jour. L'eau rougie était sa principale boisson, qu'elle prenait habituellement dans une soupière.

Afin d'arriver à détruire l'obésité de cette dame, et sur mes conseils, son mari voulut réduire peu à peu cette énorme quantité de boisson qu'elle prenait, mais il renonça à son projet au bout d'une semaine. Sa femme, qui buvait encore chaque jour 8 à 10 litres, avait comme des accès de fureur, qui faisaient craindre pour sa raison, lorsqu'on ne voulait pas lui donner à boire à sa volonté.

Les hommes font excès de vin, de cidre, d'eau-de-vie et de liqueurs, mais c'est de la bière dont ils portent l'abus le plus loin, dans les pays où cette boisson est en usage. Il n'est pas rare d'y voir des hommes qui, chaque jour, entre leurs repas, et principalement le soir, boivent pendant toute l'année 6 litres, 10 litres et 15 litres de bière, et ce nombre n'est pas encore considéré comme un excès. J'ai donné des soins pour leur obésité à deux habitants du département du Nord, qui m'ont confessé avoir bu souvent, en vingt-quatre heures, chacun 50 litres de bière.

Beaucoup de personnes prétendent qu'il est dans leur nature de boire en très-grande quantité; alors elles ne font aucun effort pour résister à ce penchant, et s'il leur arrive de prendre une quantité assez grande de boisson enivrante pour perdre la raison, elles n'ont qu'un regret alors qu'elles sont délivrées de leur désordre moral c'est que la na-

ture les ait ainsi constituées pour trop boire.
C'est une grosse erreur que je suis parvenu à
détruire chez des personnes qui buvaient beaucoup
trop. J'ai donné des conseils à des hommes qui, de
8 à 10 litres de boisson qu'ils prenaient chaque
jour, sont arrivés à se contenter de moins d'un litre
pour le même espace de temps. Si le proverbe :
tout est dans l'habitude, est vrai, c'est bien à l'occasion de notre alimentation. Il faut cependant
reconnaître que, par tempérament, les uns boivent
plus que les autres. Tels sont tous les gens gras,
qui doivent se prémunir contre la tentation. Il y a
certaines précautions qu'ils ne doivent pas négliger
dans ce but. Ainsi, beaucoup de maîtres et de
maîtresses de maison, qui aiment à boire en grande
quantité, ont l'habitude d'avoir un gobelet ou un
verre qui leur est spécialement destiné et dont la
capacité dépasse celle des verres ordinaires. Il faut
supprimer ce gobelet ou ce verre, et le remplacer
par des vases moins grands. On peut encore ne
jamais complétement remplir son verre, mais à
moitié seulement ou aux trois quarts. On boirait
peut-être le tout s'il était plein, et l'on se contente
de ce qui se trouve dedans, quand il ne l'est qu'à
moitié, sans recommencer aussitôt. J'ai eu des
clients qui faisaient mettre dans des vases leur
ration d'eau et de vin, que l'on plaçait devant eux
à table, et qui se contentaient toujours de leur part
ainsi faite. Si l'on a un grand désir de boire entre

les repas, que ce désir soit satisfait avec la plus petite quantité de liquide possible.

L'espèce de boisson qui favorise le plus le développement de l'embonpoint est l'eau pure. Elle ramollit les tissus qu'elle pénètre et au milieu desquels elle stagne sans en faire partie (1), ce qui n'a pas lieu avec les autres boissons. Elle est plus nuisible au traitement du trop grand embonpoint que la bière, le cidre et le vin, parce que ces dernières sortes de boissons contiennent des éléments toniques dont l'eau est dépourvue.

La meilleure boisson dans le traitement antiobésique est le vin. L'alcool et le tannin qu'il contient en rendent l'usage difficile à beaucoup de monde, mais il y en a qui en contiennent fort peu. Les vins les plus riches en alcool et en tannin sont d'une provenance méridionale. Le nord de la France en fournit de très-peu alcooliques.

Le département du Haut-Rhin, près de Colmar, possède des vins dits de Tokai du Haut-Rhin, blancs, qui sont bons et peu forts. Le Riesling, qui se trouve dans la même contrée, contient encore moins d'alcool que le précédent; on peut le boire facilement sans le mélanger d'eau.

C'est un grand avantage de n'être pas obligé de mettre de l'eau dans son vin. Il y a une grande dif-

---

(1) Tous les organes des personnes grasses, lymphatiques sont pénétrés d'une grande humidité qui n'existe pas chez l'homme d'un tempérament sanguin.

férence entre l'action physiologique produite dans l'estomac par un petit verre d'eau-de-vie, qui n'est cependant que de l'eau et de l'alcool combinés, et celle d'un petit verre d'une liqueur composée d'alcool et d'eau dans les mêmes proportions que celle de l'eau-de-vie.

L'eau seulement mêlée avec le vin s'en sépare facilement dans l'estomac et agit comme eau, tandis que celle combinée naturellement avec le vin ne peut agir sans produire l'effet du vin, qui est toujours plus ou moins tonique, selon le degré d'alcool et de matières colorantes qu'il contient.

La quantité de liquide que l'on peut prendre en boissons chaque jour pendant le traitement est de 500 à 700 grammes.

Les personnes grasses aiment la soupe, les aliments avec beaucoup de sauce; elles ont l'habitude de boire beaucoup à leurs repas ou dans la soirée. Lorsqu'elles viennent à modifier ces habitudes, à boire moins que de coutume, elles sont péniblement poursuivies par la soif qu'il ne faut cependant pas toujours satisfaire. On calme les envies de boire en se gargarisant avec de l'eau dans laquelle on aura mis du vinaigre; on éteint la soif en s'appliquant sous le menton un linge trempé dans de l'eau froide et l'y tenant cinq à dix minutes.

Il arrive quelquefois que l'on est pris d'un besoin impérieux de boire, que les boissons froides ingérées même coup sur coup ne calment pas. C'est une perturbation du sens interne auquel on a donné le nom de polydipsie. Cette maladie, le plus souvent passagère, disparaît instantanément en prenant une ou deux tasses de thé ou de café noir très-chauds.

On a dit que le chocolat avait la vertu de rendre l'embonpoint stationnaire. C'est un avantage que, d'après les éléments qui le composent, on ne peut lui accorder ; et je n'en parlerais pas, si Brillat-Savarin, que l'on peut citer à cause du succès de son livre (1), ne l'avait répété. Cet auteur a encore dit : « Que tout homme qui aura bu quelques traits de trop à la coupe de la volupté, que tout homme qui aura passé, à travailler, une portion notable du temps que l'on doit employer à dormir, que tout homme d'esprit qui se sentira temporairement devenu bête, que tout homme qui trouvera l'air humide, le temps long, et l'atmosphère difficile à porter, que tout homme qui sera tourmenté d'une idée fixe qui lui ôtera la liberté de penser, que tous ceux-là, disons-nous, s'administrent un bon demi-litre de chocolat ambré, à raison de soixante ou soixante - douze grains d'ambre par demi - kilogramme, et ils verront merveille. »

Brillat-Savarin parlait ainsi du mélange de l'amande de cacao grillée, avec le sucre, la cannelle unis à l'ambre et nullement de la plupart des chocolats qu'on emploie actuellement, qui sont composés, en grande partie, de sucre et de n'importe

(1) *Physiologie du goût.* Paris.

quelle fécule, avec plus ou moins d'huile ou d'une graisse quelconque, pour remplacer le beurre de cacao. Ce dernier genre d'aliment doit être proscrit du régime anti-obésique. Du reste, je dirai, comme Richerand, qu'on aurait bien grand tort de prendre au sérieux les préceptes que ce spirituel écrivain (Brillat-Savarin) a tracés, en se jouant avec toute la gaieté de son esprit et de son caractère.

Ainsi que nous l'avons démontré, le régime alimentaire à suivre pour diminuer l'embonpoint agit chimiquement, en fournissant au corps le moins possible de graisse et d'éléments graisseux ; mais il a encore l'avantage de nourrir sous un petit volume et par conséquent de peu développer l'appareil gastro-intestinal ; car l'on sait que cet appareil musculo-membraneux se modèle toujours sur le bol alimentaire.

L'herbivore, le bœuf, par exemple, a une énorme panse pour loger la masse d'aliments peu nutritifs dont il a besoin pour vivre.

Le lion, la panthère, le tigre, ont peu d'intestins et presque pas de ventre, parce qu'ils se nourrissent d'un petit volume de chair (1).

(1) Les organes de la digestion chez les herbivores ont quinze fois la longueur de l'animal ; chez les carnivores, ils sont trois fois de la longueur de l'animal seulement, excepté chez le tigre qui, ne vivant que de sang, n'a presque qu'une fois sa longueur d'intestins. L'homme, sous ce rapport, tient le milieu entre ces deux espèces d'animaux : son tube digestif a cinq ou six fois sa longueur. Il a cette moyenne longueur du canal digestif, parce qu'il se nourrit comme les carnivores et comme les herbivores.

L'homme, en prenant l'habitude de se nourrir également sous un petit volume, en mangeant beaucoup d'aliments fibrineux, azotés, verra son estomac et ses intestins se rétrécir et il perdra aussi de sa panse. Il ne pourra même plus admettre cette masse d'aliments légumineux qui engendraient trop de graisse.

Le café noir est excellent dans le traitement du trop grand embonpoint. La caféine, qui en est la base, est azotée, nourrissante et en même temps excitante. Cette infusion peut ainsi, sans inconvénient, remplacer avec avantage un premier déjeuner. Je la conseille encore après le premier repas à la fourchette. Elle excite l'estomac qui a reçu un peu plus de viande que d'habitude et dont la digestion pourrait être laborieuse, d'où proviendrait, dans la journée, de la lourdeur à la tête. Cette boisson a souvent l'inconvénient d'empêcher plus ou moins le sommeil dans la nuit du jour où l'on en a pris pour la première fois. Il est excessivement rare qu'il en soit ainsi dès le second jour. Avec ce petit défaut, elle a la vertu de donner au cerveau beaucoup d'excitation, dont les personnes qui doivent maigrir n'ont jamais trop.

Si dans la nutrition du corps, dans la production du tissu adipeux, l'on tient principalement compte de l'alimentation stomacale, la principale et presque la seule dans les mammifères, il faut encore ne pas oublier que la nature de l'air que nous respirons est aussi pour quelque chose dans cette nutrition.

Dans cette atmosphère que nous respirons, nous inspirons du gaz oxygène dont une partie est destinée à vivifier le sang, lors de son passage dans les poumons; et l'autre, nous la rejetons, nous l'expirons, non plus pure, mais combinée avec du carbone pris au corps, et formant ainsi du gaz acide carbonique. Plus un animal respire souvent, plus il fait entrer d'oxygène dans le corps, et plus alors il perd de carbone, qui se combine avec l'oxygène et est rejeté, comme nous venons de le dire, sous forme de gaz acide carbonique dans l'expiration; moins alors il reste dans le corps, de carbone, un des principaux éléments de la graisse, pour former cette dernière (1). Et les respirations d'un animal sont d'autant plus fréquentes que son corps est plus en mouvement. Cela dit, on explique facilement pourquoi le sommeil prolongé, le défaut d'exercice, les promenades en voiture, un trop long séjour au lit, favorisent le développement de la graisse; c'est parce que dans ce manque de mouvement la respiration est peu fréquente, et l'oxygène prend au corps peu de carbone, dont il reste beaucoup pour se combiner avec l'hydrogène qui s'y trouve et former de la graisse.

Voilà pourquoi l'Arabe, le Bédouin, qui sans cesse s'agitent pour les besoins de leur vie no-

(1) *Chimie organique appliquée à la physiologie animale et à la pathologie*, par J. Liebig.

made, ne sont point gras. Nos paysans ne le sont jamais trop, à moins qu'ils ne soient assez riches pour ne pas travailler.

Voilà pourquoi les animaux qui, quoique se nourrissant de substances riches en carbone et en hydrogène, mais qui sont presque toujours en mouvement, sont peu chargés de graisse : tels sont les cerfs et les chevreuils.

Ceux des oiseaux qui sont sans cesse en mouvement ou volent la plus grande partie du jour ne sont jamais bien gras. Par contre, ceux des animaux ou des oiseaux qui prennent peu de mouvement se chargent facilement de graisse. Un moyen de les engraisser, et employé souvent, consiste à les nourrir dans un petit espace. On prive même certains animaux domestiques de toute espèce de mouvement pour hâter leur engraissement.

Les Orientaux, qui passent la plus grande partie du jour assis, et les femmes de ce même pays, qui sont forcées de rester à la maison sans jamais en sortir, ces hommes et ces femmes, dis-je, offrent souvent des exemples d'obésité.

Les religieuses, dans leurs couvents cloîtrés, les prisonniers, dans leur lieu de détention, engraissent souvent malgré leur chétive nourriture, parce que l'air qu'ils y respirent contient peu d'oxygène, lequel alors enlève au corps une petite portion de carbone, dont le reste concourt à la formation de la graisse.

Il est bien certain qu'une fois que le corps hu-

main a pris tout son accroissement, et mieux, lorsque l'homme est dans l'âge du retour, la graisse
apparaît fréquemment chez lui d'une manière sensible. Une des principales raisons de cette apparition tient à une diminution qui a lieu à cet âge
dans les mouvements : en vieillissant, on ménage
ses pas.

L'exercice à l'intérieur, aller et venir, se tenir
de temps en temps debout, vaut mieux que l'inaction. mais celui pris au dehors au grand air lui
est bien préférable. On a conseillé pour la santé
des gymnases de chambre, l'usage d'une grande
roue sur laquelle, pour la mettre en mouvement
avec les mains et les pieds, on se place comme le
font les ouvriers des carrières pour sortir les
grosses pierres ; mais tout cela n'a pas la vertu
d'une promenade à pied, où le grand air fouette la
figure, tonifie le corps, pénètre les poumons dans
son état de pureté. Aussi doit-on se livrer à ce dernier exercice, chaque fois que le temps permet de
sortir, sans être pénétré par la pluie ou accablé
par la chaleur.

La nature de l'air, la quantité d'oxygène que les
animaux respirent, sont pour beaucoup dans la
formation de la graisse (1).

(1) Par cette heureuse distribution que l'on remarque dans tout ce
qui constitue l'univers, la Providence a voulu que le gaz acide carbonique, rejeté lors de l'expiration de l'homme, des animaux, fût
apte à la nutrition des plantes, qui absorbent pour cet effet le carbone
et laissent l'oxygène. C'est la raison pour laquelle l'air est toujours
si sain, si vivifiant, si riche en oxygène, là où il y a des arbres. En

Le séjour au lit étant ainsi contraire au traitement anti-obésique, il est bon que sa durée soit longue seulement assez pour réparer les forces de l'innervation.

La longueur de ce séjour ne peut être précisée. Il faut ici tenir compte de l'âge et du sexe de la personne pour laquelle on est consulté.

Rester sept heures au lit pour les hommes, n'importe leur âge et leur profession, et huit heures pour les femmes, à tout âge, me semble le maximum de temps que l'on doit leur accorder.

Leur habitation sera orientée sous notre méridien, plutôt à l'est, au nord-est, que dans d'autres directions, afin d'éviter les vents du sud, sud-est et sud-ouest, qui apportent toujours beaucoup d'humidité : on se rapellera que les climats humides sont peuplés de gens trop gras. Il faut proscrire le séjour continuel dans un lieu bas et peu aéré.

Il est impossible de diminuer l'embonpoint d'une personne qui vit dans une atmosphère humide, surtout avec un peu de chaleur.

Les bains chauds sont fort contraires au régime anti-obésique, parce qu'ils ramollissent la peau, relâchent tous les tissus et favorisent ainsi l'accumulation de la graisse. Il n'en est pas de même pour

---

trouvant ainsi dans les plantes le carbone en grande proportion, il n'est pas étonnant d'y rencontrer les éléments propres à donner de la graisse ; il peut arriver même qu'elle y soit toute formée : ainsi la graisse de bœuf et de mouton se trouve dans les semences de cacao ; la graisse humaine se retrouve dans l'huile d'olive et dans toutes les graines oléagineuses.

les bains froids, qui ont un effet contraire sur le corps. L'eau de rivière et surtout de la mer, froide, par sa densité plus grande que celle de l'atmosphère, resserre les fibres de l'organisme en lui donnant de la force.

Les ablutions d'eau froide, l'hydrothérapie favorisent la diminution de l'embonpoint.

L'exercice du cheval est-il favorable au développement de l'embonpoint, ou bien est-il bon, au contraire, pour combattre ce développement? Les médecins sont partagés d'avis sur ce point d'hygiène.

Voici ce que j'ai observé : Les jeunes gens qui entrent dans un régiment de cavalerie commencent bientôt à maigrir, et ils restent maigres tout le temps qu'ils sont au service. Il est arrivé qu'on a été obligé de faire passer dans l'infanterie des officiers et des soldats qui ne pouvaient supporter l'exercice du cheval sans éprouver des accidents sérieux, comme des douleurs dans la poitrine, des crachements de sang. Ce n'est qu'en avançant en âge que quelques officiers prennent une forte corpulence qui tient autant à un grand développement des muscles que du tissu graisseux.

L'exercice du cheval favorise chez les hommes d'une forte constitution les fonctions de la digestion et de l'absorption, et par conséquent la nutrition du corps. Il occasionne de la fatigue aux personnes faibles, aux lymphatiques, et par conséquent à ceux qui ont trop d'embonpoint. On peut donc le conseiller avec précaution pour combattre et faire diminuer le trop grand développement du tissu graisseux.

La gymnastique seule, sans le régime alimen-taire que nous avons indiqué, peut-elle être un remède contre l'infirmité qui nous occupe?

L'ensemble des exercices qui constitue ce moyen hygiénique, développe le système musculaire, for-tifie la constitution, stimule l'appétit et favorise la digestion. C'est un excitant général, et il a les avan-tages et les inconvénients de tous les excitants; les personnes fortes, qui en ont peu besoin, s'en trou-vent toujours bien et beaucoup mieux que celles d'une faible constitution. Les lymphatiques y gagnent facilement des courbatures, de grandes fatigues qui, loin d'exciter l'appétit, le détruisent: aussi les au-teurs conseillent-ils de prendre les plus grands mé-nagements, les plus grandes précautions en faisant faire de la gymnastique aux enfants d'un tempéra-ment lymphatique. Et il faut se souvenir que ceux qui sont surchargés d'un trop grand embonpoint sont de ce tempérament: alors on comprendra que cet exercice est un mauvais moyen à employer pour les en délivrer. La promenade à pied, au grand air, d'une longueur convenable pour ne pas fatiguer, et répétée chaque jour de beau temps, est le seul exercice rationnel pour les lymphatiques et pour les personnes trop grasses. Ainsi employée, la gymnas-tique est un excellent adjuvant du régime alimen-taire pour perdre de son trop grand embonpoint.

L'usage du tabac est tellement répandu en

France, aujourd'hui, qu'il y a fort peu d'hommes qui, en venant réclamer des conseils pour diminuer leur trop grand embonpoint, ne vous demandent si l'emploi de cette solanée, *fumée* ou *chiquée*, a quelque influence sur la marche du traitement anti-obésique.

La première réflexion que l'on doive faire à ce sujet c'est que ce n'est point par *mode* et pour suivre le mouvement qui entraîne ses amis, ses compatriotes, que l'on fume ou que l'on chique le tabac, mais bien par instinct, parce que, dans son emploi, on trouve quelque chose qui fait plaisir à la nature, quelquefois à un degré assez puissant pour faire oublier et négliger des devoirs importants.

Ce qui le prouve encore, c'est que cette plante séduit les hommes qui sont le plus éloignés de l'état de civilisation, tout aussitôt qu'ils la connaissent. Le nègre, le Hottentot, le Samoyède, le Lapon, le Japonais, l'Indien, le Chinois, l'Arabe, ont une passion plus vive pour le tabac que les Turcs qui l'aiment déjà beaucoup.

Elle a donc un effet réel et direct sur l'organisme qui ne peut cependant pas être classé parmi ceux que donnent les substances alimentaires. Elle ne procure, je pense, rien qui puisse s'assimiler à nos organes.

Il y a cependant un fait à noter, c'est qu'aussitôt qu'il existe un trouble dans les fonctions digestives, tel qu'un embarras gastrique, le désir de chiquer et de fumer ne vient pas à la personne qui est ainsi malade ; bien plus, elle a une véritable répugnance pour le tabac, laquelle répugnance fait place de nouveau au désir d'en user, aussitôt que la santé se rétablit ; et ce n'est que quand il s'agit des maladies du tube digestif qu'il en est ainsi, car, dans toute autre affection, dans celles qui ont leur siége aux poumons, aux bronches, au cœur, le médecin est obligé d'interdire l'usage du tabac, qui serait continué alors avec des conséquences fâcheuses.

L'appareil digestif recevrait donc avec plaisir quelque chose de l'emploi du tabac, comme d'un aliment et dont il ne veut pas quand il est malade, ainsi que cela a lieu également pour les aliments dans cette circonstance.

Mais ce qu'il absorbe ne peut être compté pour quelque chose dans la nutrition du corps. Il reçoit moins du tabac que de l'ingestion des substances alcooliques concentrées, dont l'effet a quelque ressemblance sur les nerfs encéphaliques et le cerveau lui-même.

Si l'usage de la *pipe* et de la *chique* calme la faim, cela doit être encore à la façon des alcools concentrés.

On a attribué à l'habitude de fumer la cause de beaucoup d'indispositions et de maladies même, telles que la perte de l'appétit, les mauvaises digestions produites par le manque de salive qui a été excrétée en trop grande quantité par l'effet du tabac, l'hydropisie, l'anasarque, la consomption, et des cancers de plusieurs sortes.

Tout cela peut arriver, mais, sans aucun doute, c'est exceptionnellement, car on ne s'est pas aperçu que, depuis l'usage si fréquent de cette substance, on ait eu à constater plus de cas de ces maladies produits par l'effet du tabac qu'auparavant.

Il est certain qu'aujourd'hui il est indispensable à beaucoup de monde, pour avoir une bonne digestion, de fumer un cigare ou une pipe après leur repas (1).

D'une part, il serait quelquefois impossible et toujours très-pénible pour un homme qui a l'habitude de fumer de s'en abstenir.

De l'autre, on ne peut trouver une raison qui puisse faire défendre l'usage du tabac à un homme trop gros. Bien au contraire. Son emploi occasionne des sécrétions; il excite les organes à se délivrer des mucosités qui les embarrassent. Que de personnes attribuent à l'usage du tabac fumé d'être délivrées, chaque matin, d'une pituite qui, sans ce remède, les incommoderait toute la journée!

Que de personnes prétendent combattre ainsi victorieusement des anciens catarrhes, des asthmes, etc., parce que le tabac excite l'expectoration!

(1) Je ne parle pas ici de l'usage du tabac *prisé*. Ce mode d'emploi a un effet principalement local sur l'organisation, et qui ne peut aller jusqu'à attirer l'attention lorsqu'il s'agit de la nutrition du corps.

Enfin, l'usage de cette substance enlève toujours quelque chose au corps et ne lui en apporte point ; il ne peut donc être défendu aux personnes qui demandent à diminuer.

Les voyages, le changement de lieu, viennent en aide au traitement du trop grand embonpoint. Voici ce que j'ai dit ailleurs (1) :

« Il y a beaucoup de personnes qui, ayant adopté un genre de vie de chaque jour, ne peuvent en changer sans qu'elles y soient forcées par des circonstances indépendantes de leur volonté, autrement elles en feraient la promesse que, dès le lendemain, peut-être le jour même, elles n'auraient pas la force de la tenir. Le régime à suivre pour diminuer l'embonpoint n'est pas possible alors ; car il y a un choix à faire parmi les aliments, et qui peut contrarier les habitudes que l'on a contractées à la maison. En voyage, on a l'esprit tout autrement occupé que chez soi ; on peut dire qu'en changeant de lieu, les habitudes, les goûts changent. Voilà comment les voyages sont excellents dans le traitement contre le trop grand embonpoint. Le mouvement, le grand air, aident au régime. Il importe seulement de faire un bon choix du pays où l'on doit voyager : éviter les contrées humides dans tous les temps, et, en été, choisir un climat tempéré, sain comme celui de la France, de la Suisse, du Tyrol, de la haute Italie et de l'Autriche.

(1) *De l'Influence des voyages sur l'homme et sur ses maladies,* 1 vol. in-8°, 4e édition.

En hiver, l'on peut visiter les stations médicales des bords de la mer Adriatique, de la mer Tyrrhénéenne et Ligurienne. »

Le mode de traitement du trop grand embonpoint, tel que je viens de l'exposer, et qui, suivi pendant de longues années sous mes yeux, a été pour moi une occasion de constater que l'on peut parfaitement faire d'une constitution lymphatique un tempérament sanguin. Par une alimentation azotée, et principalement par l'abstention d'une grande quantité de liquides, on parvient, en quelques années, à opérer une transformation aussi complète de l'organisme. J'ai soigné des obèses, qui étaient par conséquent lymphatiques, qui, après avoir perdu leur grand embonpoint et continué le régime pendant quelques années, ont fini par être tellement sanguins qu'ils pouvaient impunément se livrer aux plaisirs de la table, sans craindre l'obésité.

C'est en l'année 1851 que je publiai pour la première fois mes préceptes pour diminuer l'embonpoint, dans un mémoire communiqué à l'Académie des sciences, le 15 décembre. Depuis il a paru sur ce sujet plusieurs brochures en Angleterre : une du Dr Moor, sous le titre de *Letters to the medical Times and Gazette;* une autre du Dr William Harvey, et une autre du Dr *John Harvey.* Un nommé Banting, client de W. Harvey, a fait l'historique de sa diminution de l'embonpoint. Cet écrit a eu assez de succès dans le monde pour inspirer la pensée à un

médecin français de le traduire en notre langue. Je
ne crains pas d'avancer que la substance de ces brochures est prise dans mes préceptes pour diminuer
l'embonpoint. Le Dr Marques, de Rio Janeiro, a cru
devoir déclarer que le traité de l'obésité qu'il a
fait est fondé sur mon système.

CHAPITRE III.

PRÉCEPTES PHYSIOLOGIQUES POUR FAIRE CESSER LA MAIGREUR.

Tout le monde sait ce que l'on entend par maigreur. C'est un état du corps dont les différentes parties ne sont pas assez fournies de tissu cellulaire graisseux. Les os font alors une saillie outrée sous la peau. Les formes sont grêles, sans charme chez la femme et défectueuses chez elle comme chez l'homme, en ce que la grande maigreur entraîne une pauvreté dans les muscles, dont le développement normal est très-important, c'est un signe de la richesse du sang. Une personne très-maigre n'inspire point l'idée de la santé.

Il est certain que la maigreur est un état anormal du corps. Elle peut être le résultat d'une maladie chronique qui empêche une nutrition suffisante; alors c'est à une affection de l'estomac ou des intestins ou de tout le tube digestif qu'il faut le plus souvent l'attribuer, quelquefois à l'obstruction du foie, à la phthisie pulmonaire, rarement aux maladies du cœur.

On a dit que des affections morales très-prononcées, telles qu'une profonde tristesse, l'envie, la jalousie, l'ambition, entretenaient la maigreur. C'est parce que l'homme, sous l'influence de l'une de ces passions, digère mal et sans profit, d'abord parce

6

qu'il prend ses repas trop vite, irrégulièrement et sans plaisir, et parce qu'il n'a pas le calme de l'âme qui est nécessaire pour la régularité des fonctions du corps, de la nutrition principalement.

Des hémorrhagies souvent répétées ou d'autres pertes exagérées, des attaques de nerfs, une alimentation insuffisante, l'excès du travail, sont des causes de maigreur. On comprend que dans ces différents cas c'est en détruisant la cause que l'on peut espérer de faire cesser l'effet.

Mais ce n'est pas d'une maigreur ainsi occasionnée qu'il est ici question, c'est de celle que j'oserais presque appeler essentielle, tant la cause en est difficile à saisir. En effet l'on rencontre des personnes très-maigres, dont toutes les fonctions se font bien, qui jouissent aux yeux du monde, et aux leurs même peut-être, d'une santé régulière. Cependant je ne puis m'empêcher de faire observer que dans cette condition il doit y avoir quelque chose d'imparfait. Ainsi que nous venons de le dire, la maigreur n'est pas l'emblème de la santé. Rappelonsnous que Galien a dit qu'il faut que le corps ne soit ni trop gros ni trop grêle, pour que les fonctions de la vie s'exécutent d'une manière qui ne laisse rien à désirer.

Indubitablement, en observant minutieusement au physique comme au moral une personne d'une grande maigreur, on découvrirait la cause qui donne lieu à l'absence chez elle d'une suffisante quantité de tissu cellulaire graisseux.

La grande maigreur est un état qui, en définitive, a beaucoup d'inconvénients. C'est d'abord d'occasionner une sensibilité physique outrée. Les personnes maigres ne peuvent supporter sans de grandes précautions les variations de température, les changements de saison. Très-sensibles au froid. elles sont accablées par une grande chaleur. On dirait que la graisse qui entoure nos organes étant un mauvais conducteur du calorique, conserve la chaleur du corps et empêche celle du dehors de le pénétrer en surabondance.

Les hommes très-maigres sont en général d'une constitution faible. Leur moral participe de cette constitution. Il est rare qu'ils aient un caractère fort et des facultés intellectuelles très-puissantes. Ils peuvent étinceler d'esprit, de même que leur physique est susceptible d'une grande énergie momentanée, mais ces opérations sont bientôt suivies d'une faiblesse, d'une inertie plus ou moins longues selon le degré d'énergie dépensée.

Les personnes maigres sont aussi impressionnables au moral qu'au physique. Elles se possèdent difficilement, elles s'impatientent, elles s'agitent et s'inquiètent pour des choses qui n'en valent pas la peine.

Tout cela ne peut que contribuer à détruire la santé.

Il est donc bon que les gens maigres, sans affection morbide apparente, emploient les moyens nécessaires pour acquérir de l'embonpoint.

Dans les animaux, rien n'est plus commun que d'obtenir leur engraissement.

C'est par un choix fait dans l'alimentation qu'on leur donne, c'est en les plaçant dans certaines conditions, en les privant plus ou moins de mouvement, que l'on obtient chez eux un grand développement du tissu adipeux.

Nous avons vu dans le chapitre précédent que ces résultats étaient expliqués par la physiologie et la chimie organique.

C'est en tirant parti des recherches et des expériences faites pour l'engraissement des animaux que nous avons établi notre système pour diminuer l'embonpoint outré, pour détruire l'obésité.

Nous nous servirons également de ces préceptes pour augmenter l'embonpoint et faire cesser la maigreur dans l'espèce humaine.

Mais il faut le dire, quoique les indications soient les mêmes dans les deux cas, on ne peut pas se flatter d'obtenir aussi facilement l'engraissement des hommes que celui des animaux proprement dits. Cela tient à l'influence que le moral des premiers exerce sur le physique; une foule de passions les agitent et empêchent souvent le calme de l'esprit que nous avons dit être indispensable pour que le corps profite des aliments qu'il prend.

La seule passion des animaux est celle de la reproduction; on les en prive en les castrant, et ils engraissent ensuite très-facilement. Le résultat serait le même dans l'espèce humaine, car les enfants qui subissent la castration dans les pays barbares ne ressentant jamais cette passion et étant pour toujours privés, avons-nous dit précédemment, d'une grande énergie morale, deviennent tous très-gras, quand on les nourrit abondamment.

Nous avons encore dit que la plus grande partie de la graisse de notre corps provenait des aliments ; que ceux de ces derniers les plus riches en graisse et en éléments graisseux favorisaient le plus l'embonpoint, que l'eau et les substances aqueuses concouraient également à cette formation par l'hydrogène qui se combinait au carbone, et cela sous l'influence de la puissance de l'organisme.

C'est d'après ces principes que nous allons établir les règles à suivre pour faire cesser la maigreur.

Un enfant à la mamelle, s'il a tous ses organes sains, doit avoir un embonpoint prononcé, posséder les formes obésiques. S'il est maigre, la cause peut provenir d'une alimentation insuffisante. Le lait de la nourrice n'est pas assez abondant ou bien il est trop aqueux. — Lorsque l'on donne un enfant à une nourrice qui allaite déjà le sien, il peut arriver que celui-ci soit très-gras et que l'autre reste constamment maigre, quoique les mêmes soins soient donnés à l'un et à l'autre. On peut en trouver la raison dans ce fait que la nourrice donne à teter d'abord au petit étranger, puis au sien. — Il se trouve qu'en agissant ainsi, elle ne fournit au premier que du mauvais lait, du lait trop aqueux, tandis qu'elle procure au dernier, au sien, un lait très-riche en éléments nutritifs. C'est un fait constaté par la chimie et connu des médecins, que le lait qui sort d'abord du sein d'une femme n'a pas toutes les qualités de celui qu'elle donne en dernier lieu.— Et les nourrices savent parfaitement cela. Du reste, ce phénomène physiologique s'observe également chez les vaches laitières, et n'est pas ignoré de beaucoup d'agriculteurs, qui font tirer le lait d'une vache dans deux cruches, dont l'une recevra la première moitié du lait destinée à être vendue à la mesure, et l'autre la seconde moitié que l'on garde pour en faire du beurre.

Il ne faut jamais donner un second enfant à une nourrice.

Un enfant peut rester maigre, quoique le lait qu'il tette ait toutes les qualités requises dans sa composition, et qu'il soit en grande abondance. On en découvrira la cause alors dans une nature spéciale du lait que ce liquide prend dans le genre d'aliments dont fait usage la nourrice, ou dans le caractère de cette dernière.

On sait qu'en donnant une purgation à une nourrice, son lait acquiert la vertu purgative. Les boissons, comme les liqueurs et le café, agitent les personnes qui en prennent en plus ou moins grande abondance, elles communiquent également au lait d'une nourrice une vertu excitante qui apporte un trouble dans l'organisme de l'enfant et empêche une bonne nutrition. Et il y a des nourrices qui aiment les liqueurs fortes.

On a porté l'influence du lait sur l'enfant jusqu'à dire que ce dernier pouvait puiser dans ce liquide le caractère de la femme et même de l'animal qui l'a produit. On a observé, dit-on, que l'enfant nourri du lait de vache est lymphatique, indolent, tandis que celui qui boit du lait de chèvre est remarquable par sa pétulence.

Diodore de Sicile rapporte que la nourrice de Néron avait parmi ses défauts celui de s'enivrer et qu'il n'est pas étonnant alors que cet empereur se soit livré habituellement à l'ivrognerie.

Il est indubitable que la nourrice peut par les éléments constituants de son lait modifier l'organisation de son nourrisson, la lui faire très-lymphatique, par exemple, et agir ainsi par suite sur le moral, quoique peu développé alors, et donner à l'enfant un certain caractère calme ou impatient. Mais il a été constaté qu'en dehors de ce que peuvent faire les éléments constituants de son lait, la nourrice peut communiquer directement à son nourrisson ses dispositions d'esprit.

Quand la nourrice est triste, l'enfant n'est pas gai; il est chagrin, quand elle est de mauvaise humeur. Il est joyeux, quand elle est heureuse.

On comprend donc qu'il est bon de rechercher la cause de la maigreur d'un enfant non-seulement dans la nature du lait qu'il prend, mais encore dans le moral de la nourrice. Les enfants qui trouvent leur nourriture au sein d'une femme qui fait usage d'aliments excitants, ou bien chez laquelle les agitations de l'âme sont fréquentes, ont le sommeil agité, léger, et au moindre bruit sont réveillés. Aussitôt qu'ils viennent à exécuter des mouvements nombreux, à marcher seuls, ils maigrissent d'une manière démesurée, et l'on remarque très-souvent alors que ces enfants sont très-précoces, ainsi qu'on le dit vulgairement. Leur intelligence se développe outre mesure dans une proportion supérieure à celle du corps, qui reste grêle. Mais ces petits prodiges d'esprit qui font le sujet d'une admiration perpétuelle des personnes qui les entourent, sont malheureusement sujets aux convulsions, aux maux de nerfs. La sortie des dents est chez eux accompagnée d'accidents morbides auxquels ils ne résistent pas toujours.

Ces faits déplorables se voient rarement chez les enfants des femmes de la campagne. Ils s'observent parmi les habitants des grandes villes et plus souvent dans la classe la plus élevée de la société, quand les dames allaitent leurs enfants, ce qu'elles ne font pas toutes, et ce dont il ne faut pas se plaindre, car elles ont rarement les qualités indispensables à une bonne nourrice : l'absence des émotions, le calme de l'esprit.

On ne doit pas s'inquiéter d'une maigreur non exagérée, qu'on observerait chez un jeune garçon qui joue beaucoup et qui grandit; il n'en serait pas de même pour une jeune fille. Quoique la croissance s'oppose à l'apparition de l'embonpoint chez elle, comme chez le jeune homme, il est dans sa nature d'en avoir une certaine quantité même dans le jeune âge. C'est une preuve que les fonctions de nutrition se font bien, ainsi que les choses se passent habituellement pour les jeunes paysannes qui sont toujours potelées. Il est bien plus commun de trouver dans les villes des jeunes filles de 10 à 12 ans d'une extrême maigreur et dont la santé inquiète les mères prévoyantes. Celles-ci, dans l'espoir de les fortifier, de les développer, de les *former* plus facilement, leur font manger des substances très-nourrissantes, telles que des côtelettes, des biftecks. La viande saignante constitue la principale alimentation de chaque jour de ces petites filles. Elles sont alors nourries sous un petit volume. Le grand nombre de sucs nourriciers qu'elles trouvent dans leur alimentation du matin les empêche d'avoir faim le reste du jour. Alors le tube digestif perd de son ampleur, au lieu de se développer. Et elles restent maigres et excessivement impressionnables. Les jeunes filles placées dans de telles conditions recevront un grand bienfait de suivre les indications propres à augmenter l'embonpoint.

Une personne qui veut prendre de l'embonpoint mangera dès le matin beaucoup de potage gras ou maigre ; elle pourrait le prendre étant encore couchée et dormir ensuite, si son genre de vie le lui permet.

Au déjeuner à la fourchette, elle prendra peu de viande, peu de poisson, de gibier, mais beaucoup de légumes, tels que des épinards, de l'oseille, des choux-fleurs, des pommes de terre en purée, des œufs à la coque avec du thé, du beurre frais, beaucoup de pain.

Pour dessert : des crèmes, des fruits crus.

Au dîner, elle mangera beaucoup de potage, et, comme au déjeuner, peu de viande, de poisson et de gibier, beaucoup de sauce, beaucoup de salade, de gâteaux, de mets sucrés, de bonbons, de fruits crus.

Elle boira le plus possible et surtout de l'eau. Ainsi que nous l'avons dit, les substances aqueuses, l'eau jouent un grand rôle dans la production de la graisse (1).

L'eau sucrée, ou mêlée avec du sirop de gomme, de groseille, d'orange, etc., la bière, le cidre, l'infu-

(1) Parmi les expériences que j'ai faites pour prouver l'influence que l'eau a dans l'engraissement, je rapporterai le fait suivant :

M. Decroix, vétérinaire de la garde de Paris, avait dans son escadron un cheval maigre. Pour le faire engraisser, il lui diminua, d'après mon conseil, sa ration journalière d'avoine de 1 kilog. 500 gr., sans modifier la ration de paille et de foin. Il fit tenir constamment dans l'auge de l'eau à la disposition du sujet, dans laquelle on mettait chaque jour environ 500 gr. de son, dont la quantité de sucs nutritifs n'égale pas celle contenue dans 1 kilog. 500 gr. d'avoine. Au début, le 22 mai 1864, le cheval pesait 512 kilog. Le 17 juin suivant, il pesait 530 kilog. Augmentation : 18 kilog. en vingt-sept jours, en donnant plus d'eau et moins d'aliments nutritifs. — Cette observation a été insérée dans un mémoire que j'ai lu à l'Académie des sciences, dans le courant du mois d'août 1864.

sion légère de thé, aident au développement de la graisse.

Éviter l'usage du café noir et de toutes les liqueurs qui peuvent exciter la sensibilité.

Ce régime alimentaire procure beaucoup de graisse au corps. Il a de plus l'avantage de modifier les organes de la digestion qu'il dilate et grandit et les habitue à recevoir une grande masse d'aliments.

Cette alimentation sous un gros volume fournie par des substances peu nutritives a le privilége d'engourdir la sensibilité, d'amoindrir l'impressionnabilité. En apportant le calme dans l'organisme, le traitement que j'indique favorise encore de ce côté le développement de la graisse.

Ce développement, avons-nous dit précédemment, est facilité par les bains chauds qui relâchent le tissu cellulaire, ramollissent les téguments. Aussi la personne qui veut engraisser devra prendre chaque semaine deux ou trois bains chauds où elle restera une heure. Les bains chauds, en ramollissant ainsi les organes, leur ôtent de leur puissance, de leur énergie. Il pourrait arriver que, pris aussi fréquemment que je viens de l'indiquer, ils occasionnassent chez les personnes déjà faibles une débilité d'estomac. Il faudrait alors en prendre moins fréquemment et d'une durée plus courte.

Tout ce que nous venons de dire, d'indiquer pour augmenter l'embonpoint n'aurait aucune valeur, aucun résultat chez une personne qui ferait beaucoup d'exercice. Nous avons expliqué dans le chapitre précédent comment les hommes et les animaux toujours en mouvement ne pouvaient jamais avoir un grand embonpoint. Aussi chacun peut remarquer que les personnes maigres ne restent que difficilement en place. Leurs mouvements sont si fréquents et si précipités qu'elles manquent quelquefois de la dignité que possèdent ordinairement celles qui ont un embonpoint prononcé. Que celles qui veulent engraisser prennent sur elles de rester longtemps assises, de se tenir le moins possible debout, de faire de courtes promenades et de se coucher de bonne heure et se lever tard. Elles devront faire leurs promenades en voiture et aller le moins possible à pied ; éviter un grand soleil, se tenir le plus souvent dans une chambre où la lumière pénètre à peine ; voir préférablement celles de leurs connaissances dont la conversation est toujours calme, exempte de ces incidents qui animent l'esprit et enflamment l'imagination ; fuir les grandes cérémonies, les bals et les spectacles, éviter de lire les livres qui peuvent éveiller les passions, habiter la campagne, loin de Paris.

CHAPITRE IV.

PRÉCEPTES POUR FAVORISER LE DÉVELOPPEMENT DU CORPS DE L'HOMME EN HAUTEUR.

Il y a des familles qui sont comme les habitants de certaines contrées, remarquables par leur petite taille. Si le très-grand développement du corps en hauteur est en général peu favorable à l'homme pour le meilleur accomplissement de sa vie physique et morale, il faut dire que l'homme qui ne mesure pas 1 mètre 67 centimètres de hauteur est privé de certains avantages physiques que possèdent ceux qui sont plus élevés que lui. Il n'a pas la moyenne grandeur que Galien dit être l'attribut de l'homme chez lequel on trouve la meilleure constitution.

Les hommes trop petits, les femmes très-petites, ne peuvent avoir la distinction dans le maintien, dans les manières que l'on remarque le plus souvent chez les personnes d'une taille élevée.

C'est un désavantage dans les rapports du monde que d'être d'une petite taille.

Il est donc important de rechercher les moyens bons à employer pour favoriser le développement du corps de l'homme en hauteur.

Notre corps commence par être une petite masse fluide qui augmente en grosseur et en longueur en prenant une consistance gélatineuse, puis certaines parties s'assimilent des sels terreux qui les durcissent et constituent les os ; mais bien longtemps après la naissance cette assimilation n'est pas terminée et tout le temps que cette terminaison n'est pas arrivée, les os s'allongent, s'étendent, le squelette devient plus grand. Si cette ossification complète, cette transformation osseuse des épiphyses n'arrivait pas de 20 à 25 ans, comme cela a lieu, l'homme grandirait toujours comme un arbre le fait.

Mais il n'en est pas ainsi ; ce travail de la nature terminé, s'il arrive des modifications dans la hauteur du squelette, c'est de perdre de sa longueur en vieillissant.

On ne peut donc songer à favoriser le développement du corps de l'homme en hauteur que jusqu'à l'époque où l'ossification du squelette est complète.

Que faire dans ce but ? Il est d'observation que les hommes comme les animaux proprement dits qui sont d'une taille élevée par rapport à leurs semblables, habitent des contrées dont le climat est le même n'importe sur quel point de la terre on le trouve, et ce climat est remarquable par une grande humidité réunie à une température froide.

C'est à partir de la zone tempérée, en gagnant les pôles, que l'on rencontre des hommes d'une très-grande taille.

C'est là aussi où la terminaison de la croissance (l'ossification des épiphyses) est la plus lente dans les hommes comme dans les animaux.

Un Anglais, un Belge de 20 ans ne sont pas solides comme un Languedocien du même âge, parce que leur organisation musculaire et osseuse n'est pas aussi avancée que chez l'homme du midi de la France.

Les grands chevaux de Mecklenbourg ne peuvent supporter les fatigues d'un travail continu avant d'avoir atteint l'âge de 7 ou 8 ans, tandis que le petit cheval tarbe est robuste dès l'âge de 4 ans, et cela par les mêmes raisons que celles que nous venons d'exposer pour l'homme.

C'est parce que la transformation solide s'opère plus promptement dans un climat sec et chaud que dans une contrée humide et froide, et parce que sons l'action d'un soleil ardent, les corps organisés s'assimilent promptement les molécules nécessaires à leur solide conformation, et cela en perdant de l'humidité qui pénètre leurs tissus.

Nous serions immortels si nous conservions cette grande proportion de fluides, de substances gélatineuses, dont nous sommes possesseurs dans le jeune âge, mais peu à peu cette grande proportion de fluides diminue et n'est plus même assez considérable pour que nos organes aient la flexibilité, l'élasticité dont ils ont besoin pour l'accomplissement des différentes fonctions. Chez les vieillards les os se cassent facilement, parce que la gélatine qui les constituent en grande partie dans la jeunesse ne s'y trouve plus qu'en petite proportion avec les sels calcaires qui font leur dureté.

Les canaux dans lesquels le sang circule se durcissent également, exécutant alors plus difficilement les mouvements qu'ils doivent faire, et sont plus facilement brisés ; de là les causes fréquentes des apoplexies.

Les poumons, dont le jeu est incessant à partir de la naissance, perdent avec l'âge le fluide qui pénétrait leurs tissus et en favorisait les mouvements ; devenus durs ils admettent difficilement l'air dans leurs aréoles où les mucosités stagnent, parce qu'ils manquent de ressort pour les expulser au dehors.

La cessation de notre vie prend sa source dans la dureté de nos organes ; ainsi durcis, leurs parties constituantes ne permettent plus aux sucs nourriciers de les pénétrer.

Peu à peu ils finissent par ne plus absorber le sang réparateur que leur apportent les artères par leurs dernières ramifications.

Les femmes, dont l'organisation est plus molle que la nôtre, vivent plus longtemps que les hommes (1). C'est dans les contrées froides et humides

---

(1) C'est sans doute à la grande humidité dont sont pénétrés leurs organes que les poissons doivent cette faculté qu'ils ont de grandir pendant des siècles. On a pêché des carpes et des brochets porteurs d'anneaux depuis plusieurs cents ans, sur lesquels on avait marqué la longueur et le poids de ces animaux, et on avait trouvé qu'ils avaient augmenté en longueur de 10 et 15 pieds, et de 25 et 30 livres de poids depuis le placement de ces anneaux. En 1797, on prit à Kay-

où se trouve le plus grand nombre de cas de longé-
vité humaine.

D'après ces données, le premier moyen indiqué
pour aider le développement du corps en hauteur
est d'entretenir, le plus longtemps possible, la
grande proportion de gélatine et de fluides qui,
dans le jeune âge, entrent dans la composition des
tissus et principalement dans celle des os. Dans ce
but, un père, héréditairement d'une taille petite,
et qui désirerait avoir un fils d'une taille élevée,
donnerait à son enfant nouveau-né une grande
nourrice d'un tempérament lymphatique prononcé.
Il est indiqué, de ce qui précède, que l'enfant
devrait être élevé plutôt dans une contrée humide et froide, comme le nord de la France, la
Belgique ou l'Angleterre, où son corps se trouverait placé dans les conditions favorables à
grandir longtemps et par la nature du climat et par
celles des substances alimentaires dont il y fera
usage, car les substances végétales ou animales des
contrées humides contiennent dans leur composition toujours plus d'eau que celles prises dans un
pays sec et chaud. C'est pour cela qu'il n'y a pas
de bons légumes dans le midi où le gibier est bien
meilleur que dans le nord de la France.

---

serslautern un brochet long de 19 pieds, pesant 350 livres. Il avait
dans les opercules des ouïes un anneau d'airain, avec une inscription
grecque annonçant qu'il avait été mis dans l'étang de ce château par
ordre de l'empereur Frédéric II (267 ans avant d'être pris). — VIRFY,
Histoire naturelle.

7

C'est dans de telles conditions climatériques que l'enfant aura plus de chance de beaucoup grandir.

Dans son régime alimentaire il aura soin de choisir les substances les plus aqueuses, telles que la soupe qu'il mangera en grande quantité ainsi que des légumes, du poisson, du pain. Il évitera de manger beaucoup de viandes rôties. Il boira beaucoup d'eau, de cidre, de bière ou de vin coupé avec de l'eau.

L'accroissement de l'homme ne se fait point d'une manière régulière, mais il a lieu d'autant plus rapidement qu'il est plus près de la conception. En d'autres termes cet accroissement se ralentit au fur et à mesure qu'il arrive près de sa terminaison. Hamberger a donné, d'après des recherches nombreuses, une table indiquant le mode de cet accroissement (1).

L'enfant grandit, d'après cet auteur, du dix-huitième mois de sa naissance à 4 ans et demi, terme moyen, de 4 pouces par an; de 4 ans et demi à 13 ans et demi, de 20 lignes par an; de 13 ans à 18 ans, de 8 lignes seulement par an. Les choses ne se passent pas toujours ainsi. Il est assez commun de voir des jeunes gens qui avaient grandi peu à peu jusqu'à l'âge de 14 ans et terminer alors, dans un espace de temps plus ou moins court, leur accroissement en hauteur. C'est donc de 14 à 20 ans que l'on doit principalement surveiller la croissance d'un enfant.

(1) *Physiologia medica*. Iéna, 1751; in-4.

Aux moyens hygiéniques que nous venons d'indiquer l'on peut en ajouter d'autres qui sont fondés sur les observations nombreuses faites par des médecins de toutes les époques et de tous les pays.

On a observé souvent qu'un jeune homme comme une jeune fille qui avaient été retenus au lit pendant deux mois, trois mois, quatre mois, etc., s'étaient relevés avec une augmentation considérable de leur longueur; cette augmentation dépassait de beaucoup celles qu'on observe ordinairement chez les jeunes gens dans un temps égal à celui du séjour au lit.

Van Swieten rapporte plusieurs faits de cette croissance subite après la petite vérole.

Haller cite le cas d'une jeune fille qui se releva d'une maladie pendant laquelle elle avait atteint la taille d'un géant.

Buchneri, après avoir vu beaucoup de jeunes gens grandir démesurément à la suite des fièvres périodiques, attribue à ces dernières la vertu de favoriser l'accroissement en hauteur (1); mais on n'a pu admettre cette opinion en remarquant que ce phénomène se produisait à la suite de maladies de natures diverses.

La cause de ce résultat est dans le séjour au lit, dans la position horizontale. Dans cette position les pièces qui composent le squelette ne sont point comprimées, tassées comme dans la station perpendiculaire. On comprend qu'alors les os longs des

(1) *Synopsis observationum medicarum et physicarum.* Norembergæ. 1 vol. in-4.

membres inférieurs, les pièces osseuses de la co-
lonne vertébrale, les vertèbres, et les disques fibro-
cartilagineux intervertébraux, profitent de cette
liberté de s'allonger, pour se dilater, admettre plus
facilement et en plus grande quantité dans leurs
interstices, des substances nutritives, assimilables,
qui en définitive favorisent alors d'une manière
inaccoutumée le développement de ces organes.

On a constaté que les enfants et les jeunes gens
qui jouent beaucoup dans la journée ont perdu, le
soir, de la longueur qu'ils avaient le matin en se
levant.

On doit donc ajouter aux indications précé-
dentes pour favoriser le développement du corps
en longueur, celle de faire tenir la position horizontale le plus souvent et le plus longtemps possible,
conseiller aux adolescents qui veulent grandir de se
mettre au lit le soir de bonne heure et de se lever
tard, de prendre du repos dans le courant de la
journée, non étant assis, mais allongés sur un di-
van, un canapé, etc., d'éviter de rester longtemps
debout, de faire de longues courses à pied. Ils prendront souvent des bains chauds en hiver et des bains
à la rivière et à la mer dans la saison des chaleurs.

CHAPITRE V.

PBÉCEPTES POUR EMPÊCHER LE TROP GRAND DÉVE-
LOPPEMENT DU CORPS DE L'HOMME EN HAUTEUR.

Nous avons dit précédemment que les animaux ainsi que les hommes, possédant une très-grande taille par rapport à leur espèce, n'étaient pas dans les conditions les plus favorables pour posséder une bonne santé, une constitution solide.

Il est tout naturel alors qu'en ce qui concerne l'homme l'on s'occupe de trouver les moyens propres à empêcher une si grande élongation du corps qui lui est défavorable pendant sa vie. Et encore ce grand développement en hauteur ne s'opère pas habituellement sans apporter du trouble qui va assez loin quelquefois pour occasionner la mort.

C'est habituellement de 14 à 20 ans que les adolescents grandissent trop vite ou démesurément alors qu'ils dépassent la taille de 1 mètre 89 centimètres. Dans ces circonstances on les voit manger beaucoup plus qu'à l'ordinaire. On comprend qu'une quantité extraordinaire de matériaux nutritifs est nécessaire pour concourir au développement rapide, considérable de tous les organes et pour remplacer les pertes que fait ordinairement le corps, dans l'acte de la respiration et par les divers excrétions.

Malgré cette abondance inaccoutumée d'aliments qu'ingèrent les jeunes gens au moment de leur grand accroissement, il n'arrive que trop souvent qu'on observe chez eux des symptômes annonçant dans l'organisme un travail inaccoutumé, dû nécessairement, sinon à la souffrance, au moins à la fatigue, à la faiblesse de la constitution. Les fonctions ne se font point avec cette calme régularité, inhérente à la santé. Le pouls, chez eux, est tantôt faible, tantôt fort ou très-fréquent; le cœur est souvent le siége de palpitations tumultueuses, violentes, qui plus d'une fois ont fait songer à la présence d'un anévrysme.

Les organes de la respiration participent à cet état d'éréthisme, de cette susceptibilité; aussi y a-t-il des toux fréquentes dues tantôt à des causes connues, tantôt sans que l'on puisse assigner la nature de leur origine. On constate le plus souvent qu'elle est due à la gêne, au manque de liberté qu'éprouvent les poumons comprimés, serrés qu'ils sont par les os qui forment la poitrine et dont le développement en largeur n'a pas suivi celui qui s'est opéré en longueur. C'est dans ces poitrines resserrées, non bombées, que s'établissent dès le jeune âge les bronchites chroniques, les pneumonies chroniques, les asthmes nerveux, suffocants, périodiques. Et pour peu qu'il y ait une disposition héréditaire à la phthisie tuberculeuse, cette maladie apparaît alors, ou du moins se fait déjà annoncer par quelques signes sur lesquels ne se méprend pas le médecin et qui sont précurseurs des accidents mortels qui arriveront au plus tard dans l'âge confirmé.

Les organes de la digestion, dont les fonctions sont si importantes dans de telles conditions, ne sont pas à l'abri de la perturbation qu'apporte dans tout l'organisme une croissance trop rapide. La surabondance d'aliments qu'ils reçoivent chaque jour finit souvent par les fatiguer, leur donner un mode de souffrance qualifié selon la nature des symptômes morbides qui se produisent. C'est une gastrite, une gastralgie, une boulimie, etc. Avec un travail incomplet, irrégulier de l'estomac, il est impossible que les intestins ne soient péniblement affectés, irrités par la présence des portions d'aliments qui les parcourent non suffisamment digérés. De là des diarrhées fréquentes d'abord et puis continues, de là un véritable état de maladie.

Sans aucun doute, le système nerveux est également sous l'influence débilitante qui affecte les autres appareils, et il ne communique plus aux différents organes, à ceux de la digestion en particulier, l'activité vitale dont ils ont besoin.

Les facultés intellectuelles elles-mêmes se ressentent des orages que produit dans la constitution une croissance rapide et considérable. C'est à cet instant de la vie que les jeunes gens ont le moins de calme dans l'esprit. Ils se font remarquer, le plus grand nombre, par une susceptibilité inaccoutumée, par des excentricités sans nombre, par des actes

que l'on qualifie ordinairement de folies de la jeunesse.

Le plus petit nombre est affecté moralement
d'une façon tout opposée. Les idées tristes, som-
bres, poursuivent les jeunes gens de cette catégo-
rie. Ils fuient le monde qui les gêne et où ils se
croient n'être point agréables. Ils songent à le quitter pour toujours en allant se vouer à la vie mo-
nastique.

C'est dans cette dernière disposition d'esprit que
se trouvent la plupart des jeunes filles quand elles
grandissent beaucoup ; une véritable mélancolie les
accable pendant un temps plus ou moins long ; et
celles qui échappent à ce genre d'affection, c'est le
plus petit nombre, se font remarquer au contraire
par des idées qui dénotent une exaltation considérable dans l'esprit, et qui ne sont que le produit
d'une imagination agitée.

Les fantômes créés par les romanciers sont pour
elles des êtres réels avec lesquels elles sympathi-
sent avec bonheur ou pour lesquels elles éprouvent une aversion, une répugnance assez violente
pour leur donner la fièvre. Elles aiment les aven-
tures : comme de se trouver dans une voiture qui
verse, d'être surprises à la campagne par une pluie
diluvienne qui les mouille jusqu'aux os. Elles aiment, le soir, par une nuit obscure et un temps d'o-
rage, à se poser à la croisée ouverte de leur chambre, pour recevoir les baisers des éclairs et jouir

du spectacle terrible que présente alors l'horizon par instants tout en feu.

De même que les hommes qui parviennent à une taille moyenne et qui ordinairement grandissent peu à peu ne sont point sujets aux accidents morbides que nous venons de dire affecter le plus souvent l'organisme de ceux qui deviennent démesurément grands en peu de temps ; de même il est d'observation que ces mêmes hommes d'une taille moyenne traversent également l'âge de l'adolescence sans de très-grandes agitations morales et d'une manière plus calme que les jeunes gens qui grandissent démesurément vite.

Les parents qui auraient des raisons pour craindre que leur enfant nouveau-né fût exposé à une croissance démesurée, et par conséquent aux accidents qui l'accompagnent, et ensuite au peu de solidité de la constitution des hommes de haute taille, ces parents donneront à leur enfant une nourrice brune de cheveux et de peau, ayant un lait remarquable plutôt par sa qualité nutritive que par sa quantité. Elle sera originaire de la Bourgogne ou du moins d'une province au midi de Paris. — Elle aura plus de 20 ans et moins de 30.

S'il est démontré que les contrées froides et humides sont peuplées d'hommes de haute taille, il n'est pas moins vrai que les habitants des pays chauds et secs sont remarquables par une hauteur moyenne. Ainsi que nous l'avons dit dans le chapitre précédent, le soleil et la sécheresse qu'il produit favorisent plutôt le développement de l'homme, d'un animal, d'une plante, en épaisseur qu'en hauteur. Le développement de l'homme ne se fait pas en tous sens à la fois. Nous avons dit précédemment que sa croissance en hauteur s'arrêtait par intervalles, et on a observé que ces intervalles étaient les époques choisies par la nature pour l'augmentation du corps en épaisseur.

Le jeune homme transporté dans une contrée plus chaude et plus sèche que celle qu'il habite, subira l'influence de ce nouveau climat et pourra ainsi trouver un temps d'arrêt à sa croissance démesurée, s'il est dans la condition à le désirer.

Là, il aura des substances alimentaires animales et végétales à fibres plus serrées, plus sèches, moins pénétrées d'humidité que dans les climats froids et humides, et par conséquent moins favorables au développement des corps en hauteur. Le sapin du Nord, cet arbre gigantesque par sa hauteur, transporté de son pays froid et humide sur les bords de la Méditerranée, y gagnera de la dureté et y perdra de sa taille. Les animaux, les plantes, prennent de la nature du sol qu'ils habitent.

Les conseils que nous donnons dans le chapitre précédent pour favoriser l'élongation du corps de l'homme, et ici pour prévenir un accroissement trop considérable en hauteur ou pour venir au secours d'un adolescent qui subit l'influence fâcheuse d'une croissance trop rapide, ne sont pas exposés, je le reconnais, avec tous les développements qui seraient nécessaires pour faire ressortir leur importance ; un autre plus capable que moi s'occupera sans aucun doute de ce travail , car ces conseils sont fondés sur l'observation des phénomènes de la nature. M. Milne Edwards, par des expériences diverses, a démontré que les corps organisés profitent principalement en longueur à l'ombre, lorsqu'ils sont privés de la lumière du soleil. C'est ainsi qu'il a vu des têtards de grenouilles et de crapauds placés dans ces conditions devenir démesurément longs. C'est ce qui a fait conclure à ce savant que la lumière, les rayons du soleil, ont la vertu spéciale de développer le corps dans les justes proportions qui constituent le type de l'espèce. Les observations faites par plusieurs voyageurs, notamment par de Humboldt, sur les habitants des contrées équinoxiales, viennent confirmer ces expériences. Cet illustre savant a constaté que les Mexicains, les Caraïbes, ainsi que tous ceux qui vivent sous un ciel éclatant de lumière, sont d'une taille moyenne, de formes arrondies et charnues et jamais grêles (1). Je le répète, l'on peut tirer parti de ces données pour la bonne conformation du corps humain.

Il y a bien un autre moyen de corriger le manque de proportions du corps, d'empêcher son trop grand développement en hauteur et de favoriser ce développement, c'est par le mariage entre gens n'ayant pas la même nature de constitution. Ce qui se passe dans les animaux peut se produire égale-

(1) *Voyage aux régions équinoxiales.*

ment pour l'homme, et nous avons dit que les éleveurs de certaines contrées dont les produits du sol et le climat favorisent outre mesure le développement d'une grande taille dans leurs animaux les faisaient s'unir avec des races étrangères à la localité et d'une plus petite taille ; et ils corrigeaient ainsi ces excès de grandeur et avaient des animaux mieux proportionnés dans .leurs formes et d'une constitution plus robuste.

Mais, lorsqu'il s'agit d'un mariage dans l'état de civilisation où nous sommes, l'on s'occupe de de toute autre chose que des lois de la nature et du bénéfice que l'on peut en tirer.

Cependant, bon gré, mal gré, et sans que le monde prenne plus de souci de ces lois, les choses changent chaque jour et marchent au profit de l'humanité. Dans un temps peu éloigné, les unions entre gens de constitution différente se feront forcément dans des proportions beaucoup plus considérables que par le passé. En France, dès les premiers temps de la féodalité et pendant des siècles, chaque province, souvent même une petite partie de cette province, était occupée par une agglomération d'habitants qui communiquaient rarement et toujours difficilement avec ceux des autres provinces. Les mariages se faisaient alors toujours entre gens soumis au même climat, ayant le même genre d'alimentation et les mêmes habitudes de travail ou de loisirs. Ces habitans d'une même contrée devenaient nécessairement tous parents, sinon consanguins, du moins par alliance. Mais peu à peu les produits d'une même alliance où la santé existait d'abord, présentaient des imperfections dans leur organisation, lesquelles imperfections ne faisaient qu'augmenter par la multiplicité de ces alliances. Et ces imperfections avaient cela de remarquable qu'elles avaient leur principe dans un appauvrissement de la constitution, dans une mauvaise composition du sang. De là ces constitutions scrofuleuses avec des plaies hideuses, inguérissables dans la localité. Heureusement pour les infortunés atteints de ces maux, l'on croyait alors aux vertus curatives pour ces maladies du toucher de la main d'un roi ou d'un homme célèbre par ses vertus et son mérite, et que pour recevoir ce toucher, il fallait se déplacer, faire une longue route à petites journées, puis habiter pendant quelque temps le voisinage du prince ou du grand homme jusqu'à ce qu'ils voulussent bien désigner le jour où le remède serait appliqué. Et, au milieu de tout cela, sans s'en douter, les scrofuleux suivaient les indications certaines et conseillées aujourd'hui pour obtenir la guérison de leurs plaies qui sont le plus souvent rebelles aux préparations pharmaceutiques. Ils avaient changé de lieu et dans ce changement ils avaient trouvé une autre alimentation, un air nouveau qui avait vivifié leur sang, donné de la force à leur constitution en assez grande quantité pour que la cicatrisation des plaies ait lieu.

Grâce aux moyens de communication que nous

possédons et qui nous transportent d'un pays à un autre, d'un point du monde à celui qui est le plus éloigné, dans un petit espace de temps, les rapports entre les habitants des climats divers, de constitutions différentes, seront très-fréquents; alors les mariages deviendront excessivement rares entre parents et même entre voisins, parce qu'il est dans la nature des hommes comme des femmes d'avoir plus de penchants pour les étrangers que pour leurs parents et leurs voisins. C'est un instinct de la nature qui nous est donné dans l'intérêt de la conservation de l'espèce, pour la meilleure constitution des produits des unions. Car il est reconnu que les mariages entre parents ont les grands inconvénients de donner des enfants peu énergiques, peu solides et sujets à être atteints de certaines maladies. Ce n'est pas seulement parce que les parents qui se marient entre eux ont le même sang, que leur union donnera des produits peu solides, mais parce que ces mêmes parents ordinairement sont dans le même climat et qu'ils respirent le même air et se nourrissent des mêmes aliments. Sans être parents, les habitants d'une même vallée ont le même sang, le même tempérament. Le mariage entre gens de cette même localité n'est pas non plus favorable à l'amélioration de l'espèce. C'est ainsi que le laboureur ne peut pas, dans notre climat, prendre sans cesse du blé qu'il a récolté dans son champ pour l'ensemencer de nouveau sans voir ce blé perdre de ses qualités. Il ne pourra pas, pour

changer la mauvaise nature de ses récoltes, ensemencer du blé de son voisin dont le champ est de
la même nature que le sien, autrement il n'y aurait
pas amélioration dans le produit. Pour obtenir cette
amélioration, pour avoir encore une fois du bon
grain, il sera obligé d'acheter de la semence provenant d'un blé venu dans un sol d'une nature différente du sien, dans une terre plus sèche, plus légère
que la sienne, si celle-ci est mate et conserve beaucoup l'humidité.

De même pour obtenir un produit sain et bien
conformé, il faut dans les animaux et l'espèce humaine que les unions se fassent entre des êtres d'un
tempérament différent, d'une conformation différente, que l'on ne trouve presque jamais entre parents et rarement entre voisins.

Paris. — Typographie de A. Parent, rue Monsieur-le-Prince, 31